centimes l'Ouvrage complet.   Collection "In Extenso"

HENRY KISTEMAECKERS

L'ILLÉGITIME

Illustrations
de
RENÉ VINCENT

LA RENAISSANCE DU LIVRE

78, Boulevard Saint-Michel. — PARIS

L'ILLÉGITIME

HENRY KISTEMAECKERS

L'ILLÉGITIME

ROMAN

ILLUSTRATIONS DE RENÉ VINCENT

PARIS

LA RENAISSANCE DU LIVRE

78, BOULEVARD ST-MICHEL, 78

HENRY KISTEMAECKERS

Ses œuvres sont une vingtaine de romans, et quelques triomphes du théâtre contemporain. On s'étonne d'apprendre qu'il est né le 12 octobre 1872. Comment un homme de quarante ans peut-il dresser déjà cette engageant et robuste édifice ?

Avant les grandes vogues qui le portèrent depuis *L'Instinct* jusqu'à *La Flambée*, Henry Kistemaeckers avait déployé ses hautes et charmantes ressources de romancier et de conteur. Son élan et sa sincérité furent d'emblée servis par les meilleurs dons du style, la chaleur lyrique et l'entrain verbal. Il dut à la vigueur de son tempérament qu'il n'eut pas besoin de trouver un sens à la vie. Il pense encore aujourd'hui qu'elle est insensée et belle. Il avait la simple vocation d'aimer. En sorte qu'il lui parut, devant la joie et la douleur, qu'il était là pour ça. Et c'est tout le secret, c'est l'unité aussi, d'une fertilité multiple à laquelle toute formule en usage disconviendrait.

Le même homme a écrit *Monsieur Dupont, chauffeur*, cette Batrachomyomachie de l'automobile, — et les mélancolies déchirées de la *Femme inconnue*. Vaillante et libre abondance qui déroute, comme la nature elle-même, les petits arrangements de la critique. Combien mérite d'estime un artiste osant dévêtir le costume où tout de suite on voudrait l'enfermer. Henry Kistemaeckers a parcouru le divin réseau par où se tiennent les deux faces du masque rire et larmes. A chaque fois, nouveau péril et tout à reconquérir. Mais l'on est compté entre les plus humains.

Ce fut presque son début d'exceller dans le dur jeu quotidien des chroniques. Il jetait à ses premiers romans ce qui lui restait, au retour de la bataille, et l'on eût dit d'un butin tout chaud. Ainsi se suivirent, avec une ardeur bousculée, des livres où brûlait assez de flamme pour que précisément on ne les crût pas d'un jeune écrivain : le trio de *l'Évolution sentimentale*, *La Confession d'un autre enfant du siècle*, *L'Illégitime*, la délicatesse gageure des *Confidences de femmes*, le *Frisson du passé*... riches prémices que deux joyaux couronnaient : *Volupté d'aventure* (La Femme inconnue) et *Les Heures suprêmes*. Il prit haleine en ce *Relais galant* paru antérieurement dans la collection "In Extenso" — tellement badin que plus d'une page y est cruelle, — avant de faire entrer l'automobile et tous les siens dans les belles-lettres. Si on étudie jamais l'origine de la littérature sportive, il faudra dire qu'Henry Kistemaeckers commençait de s'imposer au nombre des meilleurs spécialistes de l'amour, (qu'on veuille bien me c mprendre !) quand il préféra étonner ses amis en les présentant à *Will, Trim and C°*. Sa conversion à l'automobile ou, ce qui est plus fort, aux automobilistes fut, en tout sens, une veine, car il y rencontra et ces choses agréables qu'on nomme le succès, et une matière éclatante. De ce lieu étrange, le garage, et de toutes les personnes qui sentent un peu le pétrole, il retint quelques types qu'il anima de leur propre sottise pour qu'ils eussent l'air de vivants, — mais sa malice à lui, sa verve où rien n'est vulgaire, son art de mettre une situation dans trois phrases, et Dieu sait quelle mordante indulgence, rayonnèrent sur ces pantins, puis, l'aviation aidant, les changèrent en héros. Il y eut *Will, Trim...*, *Monsieur Dupont...*, *Aéropolis*, *Lord Will aviateur*. Nommons à part *Les Mystérieuses*, recueil de première valeur, étonnant d'allégresse, et qui joint à toutes les vertus françaises du conte l'intuition dramatique. Vives pièces d'un acte ou deux auxquelles ne manque même pas toujours le dialogue.

Et cependant, en effet, il conquerait la scène. Il avait eu le courage d'écrire des comédies qui ne devaient pas plaire, mais troubler. Le public hésitait, seulement, un soir de 1905, sur le théâtre Molière. *L'Instinct* apporta la révélation d'une force généreuse et très juste, et d'un large souffle, qui vivifiaient et rehaussaient la netteté, déjà singulière, des moyens. Les résistances furent d'un coup brisées. Peu de victoires ont égalé celle-là en honneur. Désormais la vaste route était ouverte. Les mêmes puissances de pitié et d'amour parurent dans *La Rivale* (Comédie-Française), et dans une profonde et légère fantaisie moderne, *Le Marchand de bonheur*, qui devint, au théâtre de Vaudeville, le chant du cygne de Ginette Lanselme. Enfin l'on n'a pas oublié encore ce que fut l'émotion aux trois cents jours de *La Flambée*, dont le pathétique intime s'aggravait d'un écho national. La carrière de ce noble drame n'est pas achevée au moment où *L'Embuscade*, à la Comédie-Française, va commencer la sienne (1).

Celle d'Henry Kistemaeckers touche à son heure splendide. Le voici à l'instant rare où la pensée se recueille, pour donner des fruits plus purs. Si vous le rencontrez, son regard vous semblera serein, viril et doux. C'est l'homme qui va vers un sommet.

Maurice Léon MARTIN

L'ILLÉGITIME

PREMIER ÉPISODE

— ... Alors, vous êtes dessinateur?... Quel art exquis! Dessinateur, et peintre?

— Un peu...

— Parisien?

— Depuis cinq ans.

— Des succès?

— Mon Dieu... de la chance, à peine.

— Déjà connu, n'est-ce pas?

—Je me nomme Jacques Nordèz.

— Ah!... parfaitement... Vous aviez des croquis à légendes dans la « Revue Mondaine », il y a trois semaines. Est-ce vrai?

— C'est vrai.

Elle resta silencieuse, accoudée sur le bastingage, contemplant la nuit transparente, le chaos des univers suspendus en bombes électriques dans les gouffres.

De la poupe, ils voyaient l'avant du navire dresser dans le vide sa silhouette majestueuse, ses mâts en croix ouvrant dans les ténèbres des bras de vergues en un geste désespéré, ses cheminées noires, sa dunette où l'homme de quart fait le bossoir à pas lents

et comptés. Et la masse semblait glisser, formidable et silencieuse, vers l'infini moucheté de diamants et de perles, en Vaisseau-fantôme.

Le bâtiment avait quitté Marseille à cinq heures du soir. A peine à bord, Jacques Nordèz avait remarqué cette jeune femme blonde, qui se promenait seule sur le pont. Elle était grande, élégante et souple dans son vêtement de voyage discrètement moulé sur une rare sveltesse de lignes. Ses grands yeux clairs, — des yeux de Bretonne, — étaient infiniment tristes, toujours plongés dans le large. Son geste simple avait la sobriété, la nonchalance aisée des gens affinés. Et il semblait qu'elle fût enveloppée d'une songerie ambiante, un peu chagrine, mélancolique comme l'apaisement des crépuscules d'automne.

... Le silence même.

De parti pris, elle s'était éloignée des groupes de passagers que la promiscuité du bord fait familiariser dès la première heure. Ceci plaisait à Jacques. Il ne répugnait pas moins aux fréquentations de hasard, étant de ces esprits sans cesse repliés sur eux-mêmes que le vulgaire effare. Il se hérissait contre l'amabilité des importuns, avait le verbe rare, et le commerce des sots lui était une véritable souffrance.

Les esprits spéciaux correspondent par une transmission occulte. L'inconnue avait perçu la sympathie de Jacques, et leur solidarité d'impressions. A table, ils se parlèrent, établissant des distances entre eux et les autres convives. La femme en imposait par une allure de dignité hautaine, légèrement dédaigneuse; Jacques, par sa façon peu communicative, sa réserve sèche. On les isola, et ils furent heureux de sentir que jusqu'au bout du voyage, ils pourraient décidément rester à part de ce petit monde à conciliabules qui parlotait bruyamment. Alors ils s'entretinrent bien à l'aise, sans plus s'inquiéter de ce qui les entourait. Et tout de suite un caractère d'intimité se dessina spontanément dans leur échange de pensées.

A la nuit tombante, ils conversaient donc devant le flot noir. Les ténèbres étaient si lourdes qu'ils se distinguaient à peine. Mais le calme immense des mers, sous les étoiles, quand la houle vous berce, est propice à l'expression des pensifs. Après une heure de causerie, ils avaient senti exister entre eux de ces affinités cérébrales qui entraînent à des sympathies plus grandes. Une phrase, un mot, leur faisait reconnaître des concordances personnelles qui les rapprochaient singulièrement. A plusieurs reprises, forcé de surprendre cette identité, Jacques avait fixé la passagère avec un étonnement profond, tandis qu'elle courbait sa silhouette onduleuse sur le parapet, écoutant le bruit sourd de l'hélice qui agitait une traînée blanche sur l'abîme. De son côté, elle avait été saisie par des constatations analogues et s'était curieusement arrêtée à vouloir croiser dans la nuit — comme pour y chercher des révélations plus vives encore — le regard inondé d'ombre, perdu vers les espaces incommensurables, de ce grand garçon, au langage tendre, au parler doux, qui disait lentement, dans le silence, des choses que si peu d'humains pensent et sentent.

De tels parallèles mènent aux intimités subites. Les âmes de même essence se connaissent de jadis, de toujours, d'avant qu'elles se soient rencontrées, comme les gens de race s'aimantent dans la foule, irrésistiblement. Impérieuse fraternité des esprits élevés: il leur sembla que, s'étant connus, ils se rejoignaient après une séparation. C'est alors qu'elle l'interrogea, apprit avec intérêt qu'il était dessinateur. Elle lui imposait un questionnaire, comme elle eût fait la chose la plus licite du monde, et il y répondait de même, tout à l'aise en cette éternelle et logique simplicité des êtres qui dominent le préjugé.

Elle répéta :

— Ah ! oui, un bel art que le vôtre, quand une véritable vocation l'impose. Et quel beau métier quand le hasard propice vient en aide au talent ! Malheureusement il n'est pas rare que les mieux doués d'entre vous se voient écrasés par un destin mauvais, tandis que d'autres, à l'inspiration problématique, suppléent par l'intrigue au tempérament qui leur fait défaut...

Cette réflexion, de philosophie assez courante, passée à l'état d'apophtegme dans l'esprit de ceux qui luttent pour la vie par l'Art, n'appelait qu'une réponse vague. Jacques eut un geste d'indifférence; peut-être plus que d'autres, souffrait-il de ce malesort évoqué par son interlocutrice ; mais il avait fini par l'accepter avec une résignation lasse, comme une loi commune inaccessible aux révoltes individuelles et qui demeure immuable. Cependant, il allait parler, quand, à travers la nuit, une voix impérative et exaspérée passa sur le pont, dans le calme :

— Prenez la barre de justice et mettezle aux fers !...

Cet ordre, jeté dans l'immensité placide, résonnait sinistrement. L'inconnue tressaillit. Jacques, dont l'allure songeuse et reposée celait — par un contraste fréquent chez les natures nerveuses — un tempérament prompt, émotif et fougueux, voulut s'élancer vers la passerelle, d'où l'éclat de voix était parti. Une main lui prit la main :

— N'allez pas là... puisqu'il s'y passe quelque chose d'anormal...

Des ombres s'agitaient sous les pilastres de la dunette. « Venez... venez... ou plutôt, attendez-moi, je vous rejoins !... » murmura Nordèz, fidèle à son premier mouvement.

Elle n'eut pas le temps de le retenir davantage et le vit courir vers l'avant. Elle le suivit. Un scandale de bord, assez futile à l'origine, se terminait plus gravement sur la partie du pont réservée aux passagers de troisième classe. A Marseille, on avait embarqué un pauvre diable de clown, qui se rendait à Tunis avec sa femme, son « boy », un cochon savant et un singe, un perroquet, deux chiens, plus savants encore... Tout ce petit monde allait donner des représentations aux pays du soleil.

La valetaille méprise l'histrion. Pour en témoigner, le garçon de table des « troisièmes», qui avait, ce soir-là, abusé du rhum débité par le maître d'équipage, fut grossier envers le clown impassible. L'autre redoubla de vexations. Enfin, le saltimbanque se leva sans mot dire, alla trouver le commandant, et se plaignit. Admonesté, le garçon de table s'enivra complètement; il descendit dans la cabine des troisièmes, et prit à la gorge le clown dans sa couchette, prêt à dormir.

Malheureusement pour le domestique, il s'était adressé à forte partie. Quelques coups de poing, envoyés avec une rapidité foudroyante, l'aveuglèrent. En même temps, la femme du saltimbanque, épouvantée, se précipitait sur le pont, courait à l'officier de quart, éperdue, criant sa terreur.

Au moment où Nordèz parvenait à l'avant du navire, deux matelots, accourus à l'ordre du second, entraînaient l'ivrogne sur le pont. Fou de rage, la face ensanglantée, il se débattait comme un épileptique; l'excitation de l'alcool augmentait encore sa force, et il était d'une robustesse rare. Un des hommes roula par terre; l'autre, accroché désespérément à la brute qui le terrassait, allait lâcher prise. Frémissant, Jacques avait assisté à cette lutte. Il n'y tint plus, sauta au col de l'énergumène pour prêter main-forte aux matelots impuissants. Mais d'autres matelots, le clown, son « boy », des passagers surveillaient, maîtrisaient le forcené. Dans la mêlée, Jacques se sentit attiré, recula d'instinct: C'était la passagère qui suppliait :

— Venez! oh! venez,... je vous en prie!

Tremblante, violemment émue, elle alla s'appuyer contre une pile de mâture. L'éclair d'une lanterne sourde, que découvrit en passant un homme d'équipe, la frappa en plein visage. Jacques la vit très pâle. Elle balbutia :

— Pourquoi vous risquez-vous ainsi, inutilement, voyons?...

Il tenta de protester : -

— Mais je vous assure...

Elle lui coupa la parole, et, haussant les épaules : ·

— Vous êtes donc bien jeune ?... fit-elle en matière d'interrogation à la fois et d'affirmation. Allons! je ne vous en plains guère, mais vous changerez... Excusez-moi : je suis fatiguée, et le spectacle de cette scène brutale m'a achevée. Je descends dans ma cabine. Bonsoir !

Avant qu'il eût pu placer un mot, elle s'éloigna, disparut. Jacques resta planté sur place, chagrin de la voir partir ainsi, soudain. Il y avait quelques heures à peine qu'il l'avait vue pour la première fois, et déjà il éprouvait l'ennui d'être seul, et déjà il avait un amer regret de l'avoir involontairement peinée. En tout autre temps, il eût trouvé ur avertissement dans cette émotion. Mais après-demain, la terre flamboyante d'Afrique s'étendrait là-bas, — et la passagère lui dirait adieu. Vision furtive dans sa vie d'homme, énigme à laquelle il se serait arrêté un instant, moins curieux que troublé de son mystère, il se l'avouait. Profil de femme dont son talent retrouverait quelques ligne sans doute; profil d'âme dont son âme garderait à peine, pour les heures de méditation sur le passé, un souvenir fugace, léger, le souvenir d'une impersonnelle image de rêve... Et, plus ému qu'il ne voulait croire, en sondant la nuit criblée de luminaires flottants, il oubliait de penser que l'épilogue des romans les plus passionnés, n'est que souvenirs fugaces, images de rêves, brèves énigmes, et visions furtives passant dans le décor des amours défuntes......

II

Il la trouva le lendemain matin sur la dunette, où elle s'était réfugiée pendant que les marins lavaient à grande eau le pont du navire. Elle avait les traits fatigués, ses grands yeux clairs cernés de bistre, ses paupières, ombrées de longs cils blonds, appesanties sur le reflet opalin des prunelles. Son air de profonde lassitude attestait qu'elle n'avait guère dormi. En apercevant Jacques, elle réprima un imperceptible mouvement de satisfaction.

— Bonjour, dit-elle avec une ironie un peu forcée. Bonjour, homme valeureux! Combien de fois, cette nuit, vous êtes-vous colleté avec des ivrognes?

Il ne prit pas garde à ce persiflage où il

démêlait plutôt un reproche. Confusément inquiet, il contemplait ce visage délicat, battu par l'insomnie, où il découvrait, sous les marques de la fatigue immédiate, la trace plus profonde d'anciennes et persistantes tristesses; ce visage si blanc qu'il semblait personnaliser l'aube dont un dernier rayonnement livide et ouaté flottait à l'horizon.

Hier, il n'avait pas remarqué aussi précisément ce voile de douleur indéfinissable qui masquait la passagère. En somme, il l'avait vue au crépuscule, puis à la nuit. Cette figure douce, où s'imprimaient, comme sous la volonté d'un artiste puissant et profond, mille sensations longuement éprouvées, cette figure tristement passionnée lui était apparue dans la poussière trouble et dorée de vieux or du couchant, dans l'air épais, violacé, de la brune, dans la clarté vague des lampes, et enfin dans les ténèbres du soir. Mais la grande lueur crue du matin accentuait à présent les lignes secrètes dont chacune était la cicatrice d'une blessure animique, l'éclair intense du jour fouillait la profondeur sombre des yeux bleus, bleus comme ce ciel d'aurore qui, aux lointains, plongeait dans l'onde. Et, brusquement, à cette vue, une tendre pitié naissait dans le cœur de Jacques, pour cette femme jeune et belle dont il ignorait les peines, mais qui portait sur elle, si évidemment, le stigmate de la douleur. Plus que jamais, il regretta de lui avoir causé une émotion nouvelle, et il s'excusa avec insistance, montrant combien il désirait lui enlever ce souvenir.

— J'étais vraiment désespéré, dit-il, de vous avoir révolutionnée de la sorte. Je ne me rends, hélas! pas toujours maître d'une irréflexion toute nerveuse qui m'emporte dans certains cas, comme celui d'hier. Mais si j'avais pu croire, un instant seulement, que cette fugue stupide pouvait vous impressionner le moins du monde, je vous jure que j'eusse été plus sage!

Elle fut touchée, et protesta :

— Oh! je suis plus coupable que vous! Dieu vous garde d'avoir toujours à vos côtés des êtres aussi ridiculement impressionnables que moi!

Jacques s'entêtait: « Mais non! mais non! je suis sans excuse et ne puis me pardonner cette inconséquence. » Alors avec un soupir, elle l'arrêta :

— On ne peut que vous excuser, au contraire. Je vous l'ai dit, vous ês jeune; j'aurais mauvaise grâce à vous le reprocher! Vous êtes jeune! Restez jeune, allez, avec tous les défauts de votre jeunesse!

Surpris, Jacques se tut, mais, presque inconsciemment, il la dévisagea. Quel âge lui donnait donc le droit de parler ainsi? Cette factice lassitude des traits n'était pas 'e travail des ans, et se fondait dans une fraîcheur veloutée. A vrai dire, l'observateur le plus sûr de lui n'eût pu se prononcer : vingt-cinq? vingt-huit ans? trente ans? Il était impossible d'admettre catégoriquement un chiffre. Déjà, de vingt-cinq ans à la trentaine, toute femme inscrit un arrêt dans la marche ascendante du temps. Pour la passagère, plus encore, l'indécision s'imposait : l'abîme de son regard étrange avait l'infini de plusieurs existences; mais sous la pâleur de ses joues, on devinait l'incarnat satiné qui demeure, fût-ce imperceptible, comme une fleur de jeunesse; sa physionomie réfléchissait le mal de vivre, mais ses lèvres n'étaient pas désenchantées...

Son intuition féminine devina l'étonnement de l'artiste. Elle se reprit à sourire, le fixant :

— Ne cherchez pas... Une femme comme moi n'a que l'âge de son expérience....

Et, détournant brusquement l'ordre d'idées où ils s'engageaient :

— Voulez-vous que nous descendions sur le pont ? j'ai besoin d'un peu de mouvement.

Il lui tendit la main pour l'aider à descendre les marches du petit escalier adossé à pic, en échelle, contre l'écoutille. Et ils arpentèrent le navire dans toute sa longueur, muets, le regard aux horizons. Il méditait. Elle, semblait boire la brise, aspirait largement le souffle de la mer, à pleins poumons. Un menu fait les arrêta ; le clown, héros de l'incident de la veille, soignait paternellement sa petite ménagerie encagée près de la seconde cale, en plein vent. Aidé de son « boy », il donnait à boire à l'un, à manger à l'autre ; il y mettait de la minutie, s'effarait de détails, craignant que le voyage ne fût pas supporté par ses associés, ses compagnons dans la lutte pour la vie. Il redoublait de soins, on voyait que ces soins ne s'adressaient pas à des choses, mais à des êtres conscients, qui devaient comprendre... Et le côté comique de cette petite scène — l'homme, grave, inquiet, entourant d'atte tions son cochon savant, son singe, son perroquet, ses chiens — le côté comique de cette scène disparaissait, faisait place à une impression presque touchante.

Cette impression les empoigna simultanément, l'artiste et l'inconnue. Un regard qu'ils échangèrent au même instant, la traduisait. Jacques s'assit sur un socle d'amarre, tira discrètement un carnet de sa poche, et, en quelques coups de crayon fiévreux, nota le tableau. Par-dessus son épaule, la passagère, un peu à l'écart, suivait son travail, vivement intéressée. Quand il eut fini, comme il s'apprêtait à refermer le cahier.

— Donnez, dit-elle.

Le croquis rapide disait bien ce qu'ils avaient senti. Elle le contempla une minute puis prononça simplement:

— Oh! vous arriverez, vous!

Et cet éloge laconique, énoncé dans un élan de conviction retenu, par cette femme qu'hier il n'avait jamais vue, chauffa singulièrement le cœur de Jacques. Il ne se souvint pas d'une telle caresse à son orgueil d'artiste.

L'éblouissement du soleil montait à présent sur la mer d'azur; une chute d'or poudroyait dans l'atmosphère, allumait l'étendue bleue de vivantes étincelles. Cette infuse joie, qui gonfle l'espace des matins d'Orient, courait dans la brise, s'élevait aux lumières célestes, dans le majestueux incendie du jour. Mais, aussi bien que la tristesse, la joie a ses expansions mélancoliques pour les moroses ou les pensifs. Et ces expansions, par surcroît, sont contagieuses. Depuis le premier mot qu'il avait adressé à la passagère, Jacques, déjà taciturne par nature, se sentait envahi de sentiments diffus qui l'induisaient à une sombre concentration en soi-même. Il tenta de chasser ces papillons noirs. L'inconnue fit du reste bifurquer l'ordre de ses réflexions. Ils s'étaient assis sur un banc, à l'arrière du bateau, pour s'isoler du monde qui commençait à quitter les cabines et envahissait la dunette, abusant d'une tolérance spéciale du commandant, un vieux loup de mer, bonhomme et bienveillant. Pour la première fois depuis qu'ils se parlaient, Nordèz vit dans les yeux clairs de son interlocutrice un reflet de satisfaction.

Un rayon de soleil éclatant, fuyant entre deux attaches de la tente jetée en abri parmi les cordages, venait se jouer dans les boucles folles de sa nuque, et cette chaleur intense semblait la caresser d'un prenant bien-être. Elle avoua, sans se contraindre :

— Qu'il est bon de vivre sous le soleil.

Et, comme en un soliloque, elle continua, exprimant son amour de la lumière, de l'air, de la chaleur, de l'espace, de tout ce qui, selon elle, était la vie simple et saine, la seule possible. Peu à peu, elle s'anima, détailla sa haine de Paris, la ville grise où pleurent les bruines éternelles, la ville crottée qui traîne dans la boue de ses rues ternes toutes les misères humaines.

Quand elle y demeurait, dans ce Paris — la cité monstre, la fournaise —, elle s'y sentait mourir, le cœur au néant, à l'âme le désespoir de l'insurmontable ennui, aux lèvres une nausée de dégoût. Elle ne pouvait faire un pas, sous ce ciel plombé entrevu dans l'océan des toitures sombres, sans heurter des souffrances qui lui faisaient saigner le cœur, ou des hontes qui le lui soulevaient. La terreur, l'épouvante de vivre l'angoissait alors. On coudoyait trop, là-bas, l'iniquité des sorts; on était emporté dans le tourbillon de l'âpre et fiévreuse lutte des passions. C'était l'enfer terrestre, la vie dans une sarabande effrénée des vices, des appétits, des désespoirs qui se mesuraient en lice, se battaient, s'abattaient, vainquaient ou demeuraient sur place. Et tout cela grouillant sous un immuable dôme de nuages livides ou noirs, dans des printemps de quelque semaines, des étés pluvieux, d'interminables hivers qui glaçaient la ville infernale. Tandis qu'au soleil, elle revivait : ici, plus de détraqués, de désespérés. Des hommes, des êtres vigoureux et bronzés, des ignorants, des heureux. Plus de plaintes, — des éclats de rire. Plus de misères grelottantes et sinistres; des paresses sous le soleil. Et en regardant le ciel limpide elle se reprenait à aimer cette faculté de sentir, de voir, de penser, d'être, qui l'eût tuée là-bas.

En parlant, elle s'était métamorphosée. Un éclat de radieuse jeunesse brusquement colorait ses joues; ici, soudain, son âge éclatait; dégagée de sa lassitude, de son air sombre, rendue au besoin de vivre, laissant là les mots de pessimisme, de détresse et de triste expérience pour une parole d'espoir, un aveu de bien-être, la femme de vingt-huit ans apparaissait dans toute la splendeur de son épanouissement. Vingt-huit? Peut-être moins, certainement pas plus, se disait Jacques qui la regardait, l'écoutait, l'étudiait, attentif à la bizarre transformation de cette

re ombrageuse dont l'aspect phy-
e réfléchissait tous les mouvements d'une
e inquiète et complexe.

Ce n'était pas seulement son âge, à présent,
que Nordèz eût voulu deviner : une curiosité s'éveillait en lui, il était pris du désir de
savoir ce qu'était cette femme énigmatique,
entourée d'un cortège de chagrins accompagnant sa jeunesse pensive, et qui, tout à coup
laissait éclore, sous la maternelle tendresse
d'un rayon de soleil, des enthousiasmes
réprimés dans les tréfonds de son être obscur.
D'où venait-elle ? Où allait-elle ? Il l'admirait,
car elle était vraiment belle dans son mystère, — et e mystère, il était hanté soudain
par l'obsession de le pénétrer.

Elle répéta comme une conclusion : « Ah !
oui, la vie serait bonne sous le soleil ! » Et
il prit prétexte de cette phrase pour l'enchaîner à une question qu'il feignit de poser inconsciemment, afin de lui ôter toute
allure indiscrète :

— C'est votre amour du soleil qui vous
conduit donc à Tunis ? Vous y passerez
quelque temps ?...

— Quelque temps... oui. Puis j'irai plus
loin... beaucoup plus loin... quand j'aurai
oublié un peu, dans le repos de la solitude...
Et vous, — demanda-t-elle, sans s'aper-
cevoir du semblant de révélation qu'elle
avait inconsidérément laissé transpercer
dans sa réponse. — Et vous ? Y resterez-
vous ?

— A peine. Deux ou trois semaines au
plus. Le temps nécessaire pour prendre une
cinquantaine de croquis destinés à l'édi-
tion d'un roman exotique.

— Connaissez-vous Tunis ?

— Pas du tout. J'y vais à l'aventure, un
peu comme je vais, du reste, à travers la vie,
dit Jacques e souriant.

Elle réfléchit une seconde, puis, décidée :

— Au fait, je pourrai vous être utile là-bas.
Le pays m'est familier. Adressez-vous à
moi, si vous avez besoin de quelques rensei-
gnement locaux.... Je possède à La Goulette,
sur le bord de la mer, depuis deux ans, une
petite villa. C'est là que je m'enfermerai. Si
le hasard d'une excursion vous y mène un
jour, vous viendrez y tuer une heure d'ennui
en me montrant vos dessins. Décemment,
la galanterie vous interdit de me refuser
cette distraction, vous me rappellerez de
Paris sa seule grandeur : l'art...

Il s'inclina, remercia avec empressement,
ravi de songer que parfois il verrait là-bas
une figure qu'il considérait déjà comme une
figure amie. Cependant, il ne put s'empêcher de trahir sa stupéfaction :

— Si je comprends bien, vous n'êtes at-
tendue par personne, vous ne comptez guère
de relations dans la société tunisienne ? Vous
êtes donc toute seule ?

A cette brusque interrogation, le visage
de la passagère s'assombrit à nouveau. Un
nuage de tristesse l'effleura. Elle ne répondait
pas d'abord. Puis, à voix basse :

— Toute seule ! dit-elle, le regard perdu
dans le large.

III

Jacques passa une nuit agitée sur la petite
couchette dont l'exiguïté l'empêchait de re-
muer. Pas une minute l'inconnue ne fut
étrangère à sa pensée aux abois. De plus en
plus, l'énigme l'intéressait et l'inquiétait. Il
vit l'aurore blanchir le hublot de sa cabine.
Puis, au matin, très tôt, il fut sur le pont.
La côte d'Afrique étendait sa terre âpre,
brûlée, craquelée, rôtie jusque dans les
moelles par le soleil blanc, tout blanc, qui
l'enflamme. Carthage, suspendue sur la mer
dans une épaisse atmosphère de feu, s'illu-
minait, et, de loin en loin, sous elle, les
petits villages arabes, avec leurs maisonnettes
cubiques, couleur de toile écrue, s'espaçaient
dans une aire d'or blême, de laque subtile et
de bleu profond. Tandis que le port de
la Goulette, laissant dormir dans sa mer
d'huile quelques minuscules voiliers à
l'ancre, imperceptiblement bercés, envoyait, aux bords de l'anse, des remous
brillants comme des lames d'acier.

Le pilote monta à bord. Il fallut stopper,
en attendant qu'un paquebot et un caboteur
anglais, qui venaient de quitter Tunis, fussent
sortis du chenal et prissent le large.

— Nous en avons pour deux heures à
attendre ici ! maugréa le capitaine en passant.

Cette phrase fut une joie pour Nordèz.
Ces deux heures, il les passerait avec l'inconnue, et il en était arrivé à compter les minutes qui le séparaient du débarquement.
Pourquoi ? Vague attirance du mystère, sans
doute. Aimantation, peut-être aussi, de deux
esprits rapprochés par des similitudes d'aspirations. Puis le caractère de Jacques, rebel-

aux amitiés de hasard, se passionnait aisément quand il était séduit par une intellectualité supérieure au flot banal de la masse. Enfin, — pensait-il, — ces quelques semaines en pays étranger auraient des instants lourds d'ennui et de solitude, qu'il pourrait distraire par l'intelligente causerie de cette femme intéressante et fine. A tous ces motifs il eût pu ajouter le vertige de l'imprévu qui saisit toutes les natures artistes, surtout quand il est excité par de juvéniles enthousiasmes.

Réfléchissant à ces choses, il regardait clapoter l'eau glauque contre la coque du navire, quand il la sentit derrière lui. « Vous êtes devin ! » dit-elle, répondant au brusque mouvement qu'il fit pour se retourner.

— C'est vrai, j'ai eu l'impression certaine que vous étiez là. Et il ajouta malicieusement : On appelle cela, je crois, un courant sympathique.

Elle s'enquit de la raison pour laquelle on avait arrêté la manœuvre. Ensuite, ils parlèrent de Tunis : en quelques mots, elle lui décrivit l'aspect de la ville, restée bien indigène malgré le protectorat, et — disait-elle avec un joli rire moqueur découvrant des dent ivoirines — où la vague « teinte européenne » du quartier administratif faisait plutôt songer à un Arabe en burnous qui se coifferait d'un feutre; des choses du vieux continent, la Poste et la rue de la Marine. et deux ou trois cafés français où le bitter-curaçao prenait la place du « kaoua ». faisaient la effet que produirait un alto de l'Opéra dans une réunion de timbaliers cafres accompagnant la danse du ventre de Mauresques au son de l'alouba.

Jacques l'écoutait avec une surprise croissante. L'esprit de cette jeune femme était un prisme à mille facettes où se jouaient les rayons d'une pensée subtile. A présent, elle discourait avec humour; hier, elle avait attesté tantôt d'une élégante érudition, tantôt d'une philosophie triste, d'une saisissante mélancolie. Parfois, elle était femme infiniment, plus femme que la Femme même; d'autres fois, sa tournure d'esprit prenait une bonhomie garçonnière qui faisait pièce à la convention, et, loin d'être choquante, augmentait son autorité. A ce point que Nordèz, souvent, sentait sa vanité d'homme en état d'infériorité devant cet incomparable prestige féminin.

— A propos, dit-elle, où descendez-vous?

Il avoua l'ignorer. Un gargotier marseillais lui avait donné une adresse; c'était la seule

indication qu'il eût. Alors, elle lui conseilla un hôtel :

— Vous y serez très bien, et vous n'y subirez pas l'exploitation dont les étrangers sont généralement victimes...

Bien d'autres n'eussent pas compris la réelle délicatesse que celait ce détail exprimé sur un ton effacé, comme en manière de parenthèse. Il était jeune, et fait de son art. Avec un tact que seules les femmes possèdent, elle avait réussi à le renseigner en le mettant à l'aise sur un chapitre épineux, — sans le froisser. Ces nuances n'échappèrent pas à Jacques ; il lui en fut reconnaissant. Elle ajouta :

— C'est là que je descendrai moi-même durant les deux ou trois jours nécessités par mon installation à la villa.

Il ne put réprimer un mouvement de joie.

— J'aurai donc le bonheur de vous voir encore ? Je ne vous quitterai pas tout de suite !

— Mais j'espère même que nous nous reverrons plus d'une fois pendant votre séjour en Afrique. Ne m'avez-vous pas promis votre visite ?

Elle insista, plus gravement :

— Je vous assure que vous me ferez plaisir. Bien sincèrement, depuis longtemps je n'avais éprouvé la satisfaction que m'a procurée ce voyage. Et c'est à vous que je la dois. Vous m'avez fait revivre des sensations artistiques, nous avons échangé des idées communes... Grâce à vous, je n'ai pas eu un instant d'ennui, et vous avez vraiment le droit de vous en féliciter ; car si vous saviez comme l'ennui est pour moi un compagnon tenace !...

Puis, songeuse, après un court silence :

— C'est extraordinaire ! Je crois avoir eu des secondes de gaîté !...

Ils furent distraits de leur conversation. Un commandement partit de la dunette, le bruit sourd des machines fit trépider le pont. Le sémaphore venait de signaler que le chenal était libre et le navire reprenait sa marche, lentement, prudemment, car la passe était étroite.

Une heure plus tard, on mouillait dans le petit port de Tunis.

Perdu dans le mouvement, décontenancé, Nordèz restait sur le pont, entouré d'une nuée de mauricauds se disputant ses bagages. La passagère surprit son embarras. « J'ai l'habitude des voyages, dit-elle, voulez-vous me charger de tout ? » Il la remercia d'un regard confus, honteux de sa gaucherie. Il la

vit très calme, très méthodique, faisant emporter, par des Arabes qu'elle choisit, ses malles, et les valises de Jacques au poste de douane, où il la suivit. Et tout à coup, sans qu'il comprît trop comment, ils se trouvèrent assis l'un près de l'autre dans un petit omnibus d'hôtel, qui les emportait.

— Voilà, dit-elle. La première fois, on s'y perd, j'en conviens. Mais quand vous aurez voyagé un peu dans ces pays-ci, vous verrez que c'est d'une enfantine simplicité.

Ils arrivaient. L'inconnue fut logée au premier étage.

Nordèz s'installa dans un appartement du second. Le déjeuner les réunit à la même table, dans un coin de la grande salle fraîche noyée d'un demi-jour gris. Car les volets du fenestrage étaient hermétiquement clos, faisaient rempart aux rayons brûlants du soleil africain.

— Décidément, je vais vous compromettre... insinua Nordèz, mi-sérieux, mi-plaisant.

Elle haussa les épaules, eut un geste indifférent qui signifiait son mépris du qu'en-dira-t-on. Puis elle lui expliqua l'intelligente tolérance des villes coloniales. Les mœurs n'étaient point étriquées comme en France ; la liberté n'était pas suspecte. Ceci parce qu'il y avait moins de vices, les préjugés d'un peuple allant en raison directe de sa corruption.

Elle termina :

— Il en serait autrement, du reste, que je ne m'inquiéterais pas davantage. Mon seul jugement me suffit. Et je ne plie sous la convention que lorsqu'il le faut.

Son séjour à l'hôtel se prolongea une semaine environ. Puis, un matin, Nordèz la croisa dans le grand escalier de marbre.

— J'allais frapper à votre porte, comme un vieux camarade, dit-elle. Je m'installe à la villa... Je voulais vous dire au revoir, vous serrer les mains.

Il s'était tant habitué à la voir, qu'il ne songeait plus qu'elle pût le quitter. Cette nouvelle brusque le suffoqua. Il pâlit un peu, balbutia sottement :

— Alors, nous ne déjeunons pas ensemble ?...

Elle ne parut pas remarquer son trouble. Lentement, ils descendirent l'escalier. « Vous viendrez bientôt me voir dans mon petit ermitage, n'est-ce pas ? demandait-elle. Ce n'est pas bien gai, — la mer pleure sous les fenêtres, mais nous causerons... L'amitié console, l'amitié repose, — et nous sommes déjà des amis. »

Il murmurait :

— C'est vrai, nous sommes des amis... et ne trouvait pas d'autres mots, l'esprit à cent lieues de là, ahuri.

Elle demanda :

— Mais qu'avez-vous donc ?

Il comprit le ridicule de son attitude, chercha la tangente :

— La chaleur m'a fait passer une nuit blanche, et ce matin je me sens alourdi, hébété...

— Vous n'êtes pas souffrant, au moins ? — et une lueur inquiète fuyait dans son regard.

— Oh ! un malaise ! tout à l'heure cela passera, avec la sieste...

Dans le vestibule d'entrée, un interprète indigène était assis à la turque. Interpellé par l'inconnue, il se leva respectueusement.

« Ahmed, dit-elle, quand monsieur — et elle désignait Nordèz — te le demandera, tu le conduiras à La Goulette, à la petite maison bleue où tu m'as accompagnée... »

Le guide s'inclina en signe d'obéissance, et, comme ils s'éloignaient, reprit sa position.

Une voiture stationnait à la porte de l'hôtel. Le cocher tenait la portière ouverte. Elle s'apprêta à y monter.

— Eh bien, au revoir... à bientôt donc ! Ne tardez pas trop, dit-elle en lui donnant un shake-hand masculin.

Une gêne singulière, inexplicable, pesait entre eux. Quand elle fut dans la voiture, elle répéta :

— A bientôt !

— A bientôt, dit-il, à bientôt... madame...

Le mot « madame » se glaçait dans sa bouche.

Elle le devina.

— ... Magdelaine... fit-elle avec une bonhomie gracieuse, — Magdelaine, mon vieil ami !

Pendant qu'elle jetait ce nom, la voiture s'ébranlait. Nordèz salua. Elle se retourna de trois quarts, lui envoya encore un sourire triste, et un adieu, du bout des doigts.

Magdelaine ! nom de tendre mystère, nom de symbole, biblique, profond et doux, le seul, semblait-il, que pût avoir l'énigme. Magdelaine ! c'est tout ce qu'il savait d'elle.

C'est tout ce qu'il savait d'elle, et, dans un éclair de pensée, il venait de comprendre qu'il l'aimait.

IV

Aveu brusque. Aveu troublant, dont il s'effraya. Jacques était un tendre. Les tendres craignent instinctivement l'amour, car ils aiment trop, quand ils aiment, — et comprennent que beaucoup aimer est une souffrance. Des pressentiments occultes leur dictent une méfiance d'eux-mêmes. Et, quand le mal est fait, les plus hardis en frissonnent Jacques eut peur.

Qualité précieuse ? Ou sotte naïveté ? L'une et l'autre, à vrai dire : il ne souriait pas de la vertu des femmes. Il y croyait encore, et mettait son scepticisme ailleurs. Puis, il avait l'admirable tort de n'être point fat : il songea que son amour pour l'inconnue était sans espoir. Où un autre se fût trompé peut-être, il ne se trompait pas, lui : il se disait, à juste raison, que la grande sympathie de Magdelaine, n'était rien moins qu'un sentiment de sexe à sexe. Une franche et loyale camaderie soudain née, sans contrainte, voilà tout. Il était trop intelligent aussi, pour s'arrêter à l'allure libre, rompant en visière avec les préjugés, de cette femme indépendante et originale : sot, il eût pris cette allure pour un indice certain de légèreté qui lui eût fait présumer un triomphe facile; perspicace, comme il était, il avait compris, sans concevoir un doute à cet égard, que cette allure appartenait à un tempérament artiste, élevé, dominant les conventions, et qu'elle attestait au contraire une absence de toute arrière-pensée. Par surcroît, il devinait sans peine que la mélancolie sombre de son amie trouvait évidemment ses causes dans un chagrin de cœur. Enfin il se rappelait que, quelques jours plus tard, il devait rentrer à Paris...

Il prit un parti tranchant, énergique. « Je ne la reverrai pas, se dit-il, voilà la solution. »

La poésie étrange, la poésie barbare de la terre d'Afrique, dont Tunis a gardé toute l'intensité, ne put l'arracher à sa préoccupation. L'interprète auquel l'inconnue avait parlé le promena pendant deux jours dans les bazars, les souks, le quartier juif, le quartier arabe. Et cette ville d'un autre âge, d'un autre peuple, d'une autre race, sous d'autres cieux, que les pays où nous mourons; ce mystère arabe, avec ses cruautés inconnues, ses croyances fermées au reste du monde, qui rôde, par les ruelles grouillantes aux maisonnettes basses, ouvertes à tous les vents et à tous les soleils; ces hommes drapés dans le blanc éblouissant de leurs burnous qu'ils porlent avec une bizarre et surprenante majesté; les promeneurs lents dans leur vêtement de fantôme sur lequel le feu du ciel se reflète; cette rumeur bruyante de tout un monde cuivré qui s'étend et s'étale, s'accroupit et se contourne sur des nattes, avec des mouvements lâches de lézards; tout lui apparut médiocre.

Mollement, il prit quelques croquis dans les casbahs fourmillantes, les coins de marché bruyants, au décor lumineux dans lequel se meut la populace colorée et théâtrale d'Orient. Il ne fit rien de bon; l'impression de ces tableaux éblouissants lui échappait. En vain voulut-il s'inspirer de ce soleil qui met sa brûlure dans le diamant noir des pru-

C'était, vers le bord de la mer, une habitation mauresque, aux murs crépis de chaux légèrement bleutée, dont la nuance se mariait avec la moire du flot. Dans un bouquet de floraison sauvage, de dattiers flexibles balancés par le vent du large, de cactus vert-gris tordus sous le soleil, elle dissimulait ses fenêtres étroites surplombées d'arcades. Un perron bas devant la porte était lui-même couvert, à ses côtés, par l'épaisse et rugueuse chevelure de figuiers de Barbarie aux branches enchevêtrées, courbées sous le poids des feuilles lourdes. Éloignée de tout autre logis, bien seule au milieu de sa petite oasis, sous l'ombre des palmiers pro-

nelles de petits Arabes rêvant au seuil des mosquées; qui enveloppe les femmes de langueur chaude; qui lance, à travers les nuits d'Afrique, une blancheur agonisante dans la blancheur plus vive des étoiles; de ce soleil où l'Orient se vautre avec sa paresse grisante et sa griserie paresseuse. En vain. Mécontent il renonça.

Le troisième jour, l'Arabe, qui l'observait, et suivait les phases de son ennui croissant, lui dit, en le fixant de son œil sournois :

— Veux-tu que nous allions à la petite maison bleue ?

Il sentit battre son cœur plus vite.

— Oui, mène-moi, répondit-il sur un ton d'indifférence affectée.

Il succombait à l'effort.

tégeant sa toiture, elle avait le calme de ces tombeaux perdus de marabouts que l'on rencontre dans les solitudes africaines, près des sources. A cinquante mètres devant l'entrée, la houle venait s'éteindre en reflets d'azur, avec un bruit continu et faible, semblable au friselis de la feuillée sous bois. Un air de songerie mélancolique vaguait dans ce site, et s'harmonisait bien avec le caractère de celle qui l'habitait. L'immensité, autour d'elle, s'étendait jusqu'à la région des rêves, et c'était le rêve encore qui devait se réfugier sous l'ombre propice des touffes d'arbres. Constant accord des impressions de la nature avec les sentiments humains.

Ahmed resta dehors, tandis que Jacques entrait. A son appel, la porte avait été ouverte par une vieille servante, proprette, au geste menu, au trottinement de souris, à la physionomie des vieux serviteurs de province qui s'étudient à la dignité. Elle fit entrer l'artiste dans une grande pièce fraîche, dallée sous le tapis jeté de milieu, aux murs et au plafond carrelés de faïence. Un léger mobilier de bois clair, quelques tentures indigènes aux nuances fondues, des coussins épars à la façon orientale, — c'était tout. A peine Nordèz était-il entré que Magdelaine paraissait.

— Je lisais dans le jardin et vous ai vu pénétrer dans l'enclos. C'est aimable à vous de venir me désennuyer...

On eût dit qu'elle l'attendait. Elle ne paraissait pas remarquer son empressement. Ceci le mit à l'aise. Et ils causèrent longuement, simplement, de toutes choses, avec une familiarité d'anciens amis. A se sentir près d'elle, il revivait, l'esprit libre, se laissant aller à une bonne béatitude. Quel contraste avec les trois jours fiévreux, angoissés qui venaient de rayer son existence!

— Eh bien! avez-vous travaillé?

Il avoua son désappointement : l'inspiration lui avait fait défaut, il n'avait rien produit dont il fût satisfait. Mais, très intéressée, elle regardait les croquis un à un, protestant :

— Voyons! pas de fausse modestie. C'est très bien cela, au contraire. Il y a de la vie, et de l'originalité, une conception personnelle, dans ces dessins... Tenez, ce coin du Souk el Djerba, que je reconnais, est très lumineux, et votre vieux marabout a un caractère frappant de vérité...

Jacques hochait la tête, réfutait ces louanges, faisait ressortir avec amertume les défauts de ses œuvrettes. Non! mauvais, tout cela! archimauvais, banal comme des illustrations de guide pour le touriste. Ce qu'il voulait obtenir, c'était des coins de nature donnant une véritable sensation artistique. Or, depuis qu'il était à Tunis, il se sentait veule, sans entraînement : il faisait du métier; de l'art, non.

La jeune femme ripostait par des paroles encourageantes, devinant qu'il était de ces chercheurs d'idéal, toujours insatisfaits, exigeant l'inaccessible perfection. Puis, le voyant obstiné dans son idée, elle changea le cours de la conversation.

Jusqu'au crépuscule, ce fut, entre ces deux tristes — que la tristesse avait rapprochés avec une soudaineté foudroyante, invraisemblable

pour ceux qui n'ont point l'émotion intensive, contradictoire avec la logique apprêtée et factice de l'existence, — ce fut, entre ces deux tristes, une étrange causerie, d'une poésie de néant. La tristesse de Jacques était innée : il s'arrêtait trop à l'inanité des efforts humains, plongeait dans l'avenir au lieu de jouir du présent, qui a ses joies; la tristesse de Magdelaine avait des causes directes, sociales, moins philosophiques, — elle était engendrée par les épreuves subies, les heures et les blessures de la vie. Ces tristesses se complétaient. Et leur accord n'avait rien de sombre, rien d'amer, mais quelque chose de doux, de très doux, dont l'expression était caressante : telle une musique pensive de Tziganes, aux accents qui saisissent le cœur.

Jacques s'en fut quand le soleil ne laissait plus qu'une mare sanglante au lointain. Ahmed était toujours accroupi sur le perron et regardait le ciel.

— Merci d'être venu, dit Magdelaine. Réservez-moi souvent cette surprise...

Le lendemain ses pas, machinalement, le conduisaient à la petite maison bleue.

... Et, dès lors, il y revint presque quotidiennement, attiré par une force invincible. Comme leur causerie se prolongeait parfois très tard, Magdelaine retenait souvent Nordèz à dîner. Les premières fois, elle dut insister, combattre ses résistances embarrassées par cette merveilleuse simplicité qu'elle apportait en toutes choses. Peu à peu, ses scrupules, vaincus par le tact exquis de sa commensale, s'anéantirent à ce point que c'était lui, à présent qui, d'aventure, disait sur un ton de bonne humeur, en arrivant :

— Ma chère amie, je sollicite aujourd'hui ma part de votre dînette...

Elle s'empressait alors de faire quelques recommandations à Pauline, sa servante, — une vieille méridionale que le hasard avait mise sur sa route à Tunis. Jacques, cependant, dételait et attachait sous un petit hangar, écurie improvisée, — le cheval qu'un maquignon tunisien lui avait loué.

Et il ne partait qu'à la nuit, quand le croissant de la lune met son reflet nacré dans l'ombre bleue des grands cieux d'Afrique.

Un après-midi, il arriva grelottant, blême, le visage décomposé. La veille, en rentrant à la ville, une fraîcheur humide l'avait saisi brusquement : après une nuit fiévreuse, il avait voulu réagir contre ce malaise, et, d'une longue promenade à cheval parmi des douars environnants, il était revenu brisé, le corps moulu, la tête comateuse, et la gorge si embarrassée qu'il n'avait pu absorber quoi que ce fût.

En parlant, il s'épongeait la figure, inondée de sueur froide, — et il tressaillait sous la constante secousse de longs frissons qui le parcouraient jusqu'aux tempes. Il dut reconnaître qu'il se sentait vraiment mal. Du reste, il était livide et luttait de toute son énergie contre un abattement qui l'eût affalé là, muet, épuisé.

Sans hésitation, Magdelaine se leva, sortit. Deux minutes plus tard, elle reparut, et, comme il l'interrogeait du regard :

— J'ai dépêché Pauline chez un médecin qui habite La Goulette à trois cents mètres d'ici. De la sorte, votre imprudence sera prévenue. Vous étiez fort capable, sans mon intervention, de ne pas vous soigner... Oh ! ne protestez pas !... d'ailleurs il est trop tard...

Recommandation superflue. Non ! oh ! non, il ne protestait pas ! Cette attention venait d'apporter au secret de son cœur un baume exquis, et il leva vers Magdelaine des yeux si attendris qu'elle détourna les siens. L'homme le plus vaillant n'a pas le courage des souffrances vulgaires ; le malade est un enfant, que l'on touche, que l'on console d'un mot. Et la femme, qui a l'intuition de cette faiblesse, sait lui apporter le remède infaillible de sa douceur, avec cet admirable instinct de maternité que cèle l'âme même des plus jeunes et des moins graves. A se voir protégé par cette sollicitude féminine, Jacques éprouvait une jouissance infinie centuplée par ce fait : que cette sollicitude venait de Magdelaine... Il eut un mouvement irréfléchi de reconnaissance, prit les mains de la jeune femme, murmura, la voix basse :

— Pourquoi êtes-vous si bonne... vous êtes trop bonne !

Il y avait, lointainement, un aveu et un reproche dans ces mots émus, dans cette phrase banale ; son regard n'avait cessé d'envelopper Magdelaine, et ce regard traduisait une pensée parallèle à l'autre :

— Pourquoi êtes-vous si belle... vous êtes trop belle !...

V

— ... Voici. Pendant que je le reconduisais, le médecin m'a dit qu'il était de toute impossibilité que vous prissiez le chemin de Tunis dans cet état là. Une telle folie augmenterait votre fièvre, vous mettrait en danger... C'est catégorique !... Quant à l'angine, elle a quelque gravité, et nécessite un « repos absolu et immédiat... » Vous entendez, je répète fidèlement : « Un repos absolu et immédiat... » Mon ami, vous êtes mon prisonnier, vous ne sortirez pas d'ici que vous ne soyez guéri !

Dans sa stupéfaction, Jacques répétait obstinément :

— Mais vous n'y pensez pas... voyons vous n'y pensez pas !...

Elle répondit, l'air profondément étonné :

— Et pourquoi n'y penserais-je pas ?... Je n'ai à Tunis aucune relation, je suis libre, absolument libre de mes faits et gestes. Or...

Ici, elle ménagea sa susceptibilité :

— Or, je vous loue une partie de ma villa... Et, dit-elle gracieusement, — mon locataire étant malade, je prends soin de lui. N'est-ce pas naturel ?

A brûle-pourpoint, cette question et ce raisonnement décochés lui firent perdre contenance ; il se trouva net sans rien à leur objecter. Elle faisait pour lui, par amitié, ce qu'un simple sentiment d'humanité lui aurait fait faire pour un étranger. Quoi de plus logique ? Tandis qu'au contraire ses protestations étaient d'une maladresse qu'il voulut réparer tant bien que mal :

— J'étais épouvanté de vous déranger de la sorte, d'apporter, par mon inconséquence, un trouble dans le calme que vous êtes venue chercher ici... A présent, je vois qu'il est inutile d'insister davantage et que j'ai mieux à faire en vous remerciant... Manque de sagesse : j'aurais dû rester à l'hôtel... Mais, faut-il le dire ? En me sentant malade, je crois bien que mon désir d'aller à La Goulette chercher votre bonne amitié a été plus vif encore !... Éternel égoïsme humain ; je devais penser à vous, j'ai pensé à moi...

— Excellente inspiration ! dit-elle.

Et, souriante :

— Vous serez mieux soigné, persuadez-vous-en, dans mon petit hôpital que dans le caravansérail où vous avez élu domicile... Félicitez-vous donc d'avoir pensé à vous, comme vous dites, vous n'auriez pu mieux y penser !

— Heureusement, conclut-il, que c'est l'affaire de vingt-quatre heures !

Ce fut l'affaire de quinze jours... Le lendemain, le docteur le trouva presque délirant ; l'angine s'était compliquée d'un terrible accès de fièvres du pays. Sans doute, pendant sa promenade, s'était-il désaltéré à une source, infectée par le voisinage de ces marais saumâtres qui gangrènent certaines régions du sol africain. Comme il n'avait pas eu le temps de s'acclimater, les résultats de son imprudence étaient rigoureux. Il fallait des soins excessifs pour éviter des complications nouvelles.

Ces soins, Magdelaine fut seule à les lui donner. Elle y mit une patience, un dévouement surprenants, une attention de toutes les heures, de toutes les minutes. Dans le salon, attenant à la chambre du malade, la vieille Pauline avait installé une literie sur laquelle la jeune femme prenait, le jour, quelques heures de repos. La nuit, elle veillait, car c'était la nuit que la fièvre de Jacques redoublait d'intensité, et que les soins à lui apporter devaient être les plus méticuleux. Mais elle ignorait la fatigue, dans ces moments où toute sa sensibilité nerveuse lui mettait au corps des ressorts d'acier, — et, pas une seule fois, sa vaillance n'eut un abattement.

Durant ces jours pénibles, ces longs jours, Jacques, sous cette chaude tendresse, sentit grandir son amour. Des heures entières, il la suivait des yeux, tandis qu'elle allait par la chambre, qu'elle lisait, ou qu'elle lui parlait simplement de choses simples, pour éviter toute tension à son cerveau amolli, vidé par l'ébullition des fièvres. Quelquefois, il la regardait entre ses paupières mi-closes, quand, le croyant endormi, elle laissait tomber le livre sur ses genoux, et s'abandonnait à une songerie sombre. L'œil immobile, envahi d'une lueur diffuse, elle fixait le ciel qui, par la fenêtre, épandait dans la chambre sa lumière en ondes rosées. Dans ce ciel bleu, dans cet incommensurable ciel, c'était le passé, et c'était l'avenir, c'était l'inconnu, l'au-delà, le secret sinistre ou divin qu'elle cherchait de son regard vague et désolé. L'irrémédiable enténébrait son fin profil. Alors il la retrouvait telle qu'il l'avait vue pour la première fois, la pensive, la mystérieuse, entourée du cortège navrant des tristesses, plongeant sa pensée dans le large, sur un pont de navire qui traînait son sillage à travers l'immense plaine des flots, sous la nuit étoilée, l'avant dressé dans le noir, en Vaisseau-fantôme. Invraisemblance de la réalité, insondable étrangeté de la vie : il était chez elle, elle le soignait avec une ferveur d'épouse passionnée, il l'aimait, et elle était pour lui l'Inconnue ! D'elle, il ignorait tout, sinon qu'elle était belle, qu'elle était

bonne, qu'à toutes les autres elle était supérieure par tout ce qui est humain, enfin qu'elle s'appelait Magdelaine, comme l[es] fées de certaines légendes s'appellent Amo[ur] d'un nom que sa pensée répétait arde[m]ment dans ses interminables nuits d'[in]somnies

Une fois, comme elle était assise à chevet, il osa profiter d'une circonstance de conversation pour la questionner hasardeusement. Le soir tombait. Dans la pénombre, il vit un scintillement de perle trembler à la frange de ses cils, et, après un silence :

— Pourquoi cherchez-vous à savoir? dit-elle sur un ton de reproche attristé. Je n'aurais rien à vous dire qui fût d'un bien grand intérêt pour votre curiosité excitée. L'important, vous ne l'ignorez pas, c'est visible : je suis une désespérée. L'indépendance que vous avez dû lire dans mon caractère, jointe à bien des faiblesses, a gâché ma vie... voilà tout.

C'était imprécis. Il n'en apprit point davantage. Mais il eut la vision confuse de quelque roman péniblement humain qui serait comme la synthèse des drames que hante le pitoyable cœur féminin. Et redoutant, par délicatesse, de ranimer les cendres de quelque douloureux holocauste, il se tut, l'âme étreinte, du reste, par une angoisse indéfinissable.

⁎
⁎ ⁎

Enfin, il put se lever. Rompu, le corps engourdi, Jacques, pendant quelques jours, promena sa convalescence sous les palmiers du jardin, à boire l'air libre et fort de la mer. Une fantaisie l'obsédait : il voulait faire le portrait de Magdelaine, dans ce décor merveilleux. Volontiers, elle y consentit, posa complaisamment à l'ombre des touffes épaisses, aux larges feuilles protectrices. Il se mit ardemment à l'œuvre, et fut heureux de constater combien, sous son inspiration passionnée, les nuances légères et transparentes de l'aquarelle rendait bien l'expression nuageuse de la pensive, la mystérieuse, entourée du cortège navrant des tristesses Une rare divination artistique lui fit saisir à merveille l'éclat troublant des grands yeux clairs, bleus, ces yeux de Bretonne, ces yeux infiniment tristes, toujours plongés dans le large... Dans son œuvre, il retrouva l'Inconnue qui lui était apparue deux mois avant la jeune femme blonde, grande, élégante et souple, aux lignes sveltes, au geste aisé, nonchalant et sobre ; la femme énigmatique qui semblait enveloppée d'une songerie ambiante, mélancolique comme la mélancolie des crépuscules d'automne...

Deux mois avant... Deux mois, déjà ! Une pensée soudaine le glaçait : il devait rentrer à Paris... Transition brutale du rêve à la réalité !

Tandis que Magdelaine, sans mot dire, admirait le tableau qu'il venait de terminer nerveusement, il prononça, la gorge étranglée :

— Savez-vous à quoi je songe ?... Je songe qu'il me faut, hélas ! vous quitter...

Elle comprit mal, crut qu'il parlait de retourner à l'hôtel.

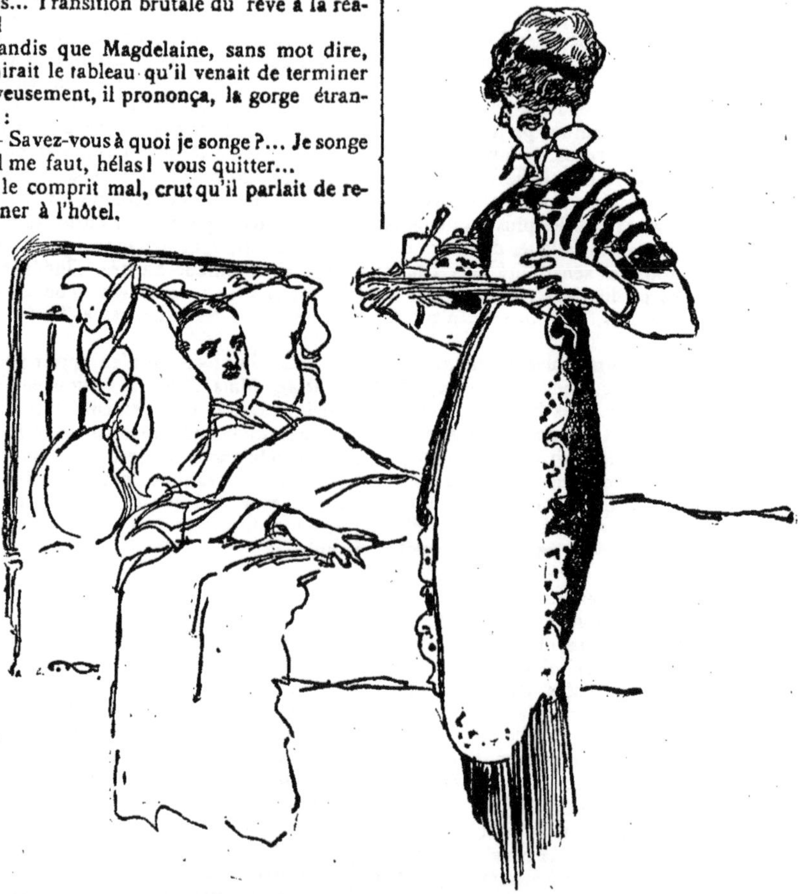

mettait les carnets chiffrés de la vieille Pauline, en lui demandant plaisamment s'il exigeait plus d'économie...

Elle ajouta sur un ton piquant :

— Je sais un malade qui ne parlait pas de rentrer à Tunis, naguère...

— Ce n'est pas à Tunis que je dois aller,

— Pourquoi ? dit-elle. Ne trouvez-vous pas quelque originalité, sinon quelque joie, à notre pique-nique ?...

Ce mot familier, caractérisait bien leur accord. Fidèles à la simplicité de « bonne camaraderie » dont ils avaient spontanément convenu, ils partageaient les dépenses de la maison. et la jeune femme se départait mêm. de sa gravité les jours où elle lui sou-

dit-il, s'apercevant du malentendu. C'est plus loin... Il faut que je m'embarque... pour rentrer à Paris...

Elle eut un léger haut-le-corps, le regarda, pâlit :

— Ah !... vraiment... fit elle d'une voix neutre.

Toute la journée, ils s'évitèrent. Le soir, elle demanda :

— Quand partirez-vous, mon ami?

Étrangement émue, ignorant ce qui se passait en elle, — elle soutint son regard mouillé. Un instant, ils restèrent silencieux. Puis, il prononça décidé :

— Je ne partirai pas...

Et ce fut tout. De nouveaux jours se succédèrent. Ils ne revinrent pas sur cette question du départ. Plus un mot échangé n'y fit allusion. Mais ils y pensaient tous deux. Nordèz en était obsédé, quoiqu'il eût composé de façon assez acceptable avec les exigences de sa vie d'artiste : on était au 15 août; rigoureusement, il pouvait ne reparaître qu'en octobre sur le boulevard. Il y avait bien ses illustrations qu'un éditeur attendait, mais ceci n'ordonnait pas impérieusement sa présence à Paris; il enverrait les dessins, voilà tout. Il se convainquait, du reste, d'avoir besoin de repos : il s'était surmené, là-bas, et la maladie qui venait de l'atteindre l'avait achevé. Deux mois de calme ne seraient pas de trop pour lui rendre sa vigueur et rétablir sa santé tourmentée. Toutes ces bonnes raisons, la perspective du temps qu'il aurait encore à passer près d'elle, furent impuissantes à le rasséréner.

Quant à Madgelaine, son dernier sourire l'avait abandonnée. Il observait. Depuis qu'il avait parlé de son départ, elle semblait replongée dans une irrémissible inquiétude. L'oubli, qui éclaire les prunelles d'une fraîche lumière, l'oubli qu'elle avait goûté à certaines heures, ces temps derniers, l'oubli ne se trahissait plus dans sa physionomie. Elle pensait. Elle pensait tout le long du jour, l'empreinte de la détresse au front, dans le regard, parfois, un éclat dur. Et elle faisait un effort visible, quand elle voulait s'arracher à sa concentration intellectuelle.

Leur intimité permettait désormais à Jacques de tendres audaces. Souvent, il la sermonnait :

— Voyons, c'est révoltant, à la fin, de vous voir ainsi noyée dans un éternel chagrin. Mais pour Dieu qu'avez-vous donc?

Ce n'était pas une indiscrétion, c'était un cri. Elle y répondait :

— Le mal de vivre...

Alors, s'animant, il protestait avec véhémence. Vraiment, ce mot noir, trop prononcé aujourd'hui, était choquant dans une bouche aussi jeune. Le « mal de vivre », sinistre cliché d'une époque découragée et

veule, tronçon de phrase qu'on entendrait bientôt prononcer par les enfants au berceau, et qui prouvait plus la lâcheté des hommes que leur malheur. Oui! révoltant, c'était révoltant, d'entendre ainsi parler, de voir ainsi rêver et souffrir une femme belle, tiste, intelligente, si magnifiquement do qu'elle n'avait pas le droit d'être abattue les communes tristesses de la vie. Il igno quelles étaient ces tristesses, mais ce qu'il firmait, c'est qu'il n'en était point d'as immenses pour rompre une destinée irré cablement!

Il plaidait avec chaleur, un peu rageusement même, « s'emballant » sur des mots, dépassant sa propre pensée pour être plus convainquant. Elle, l'écoutait, impassible. Puis :

— Vous avez cinq ans de Paris, m'avez-vous dit, mon ami?

— Oui.... quelle importance?...

— Quand vous en aurez le double...

Cette phrase le mit hors de lui :

— Ah çà, — exclama-t-il avec humeur, — mon aïeule ne m'eût pas autrement parlé. Ceci vous sied vraiment mal!...

Elle répondit à peine :

— Qui sait?... J'ai sans doute plus souffert que votre aïeule...

L'irritation de Jacques tomba. Il évita de riposter.

Phrases vaines, hélas ! Il contempla la jeune femme qui suivait de lointains souvenirs, et, de nouveau, il eut la glaciale impression de l'énigme...

Pendant quelques jours, les canicules furent combattues par une brise fraîche, une haleine de mistral, venant de la mer. Magdelaine et Jacques osèrent affronter le soleil des ardentes après-midi, et la petite maison bleue fut un peu délaissée. Le long des méandres de la côte, sous l'espace enflammé, ils firent des excursions, cherchèrent des coins de nature qui apportaient toujours, par cette étonnante diversité du pays oriental, des ravissements nouveaux à leurs yeux d'artistes. Les couchers de soleil surtout ne les lassaient jamais, et, durant les heures d'apothéose, ils restaient sur le sable, muets, écoutant bruire l'agonie des vagues, contemplant l'effrayant et sublime spectacle d'enfer, ce ciel aux volcans titanesques qui crachaient du sang dans les horizons mauves. Leur extase allait plus loin que la vision même des espaces incendiés, leurs esprits s'absorbaient dans l'angoisse métaphysique. Mais il arrivait aussi que l'un, s'arrachant soudain à cette terreur de la pensée impuissante, voyait peser sur lui l'inquiétude du regard de l'autre. Plusieurs fois, Jacques surprit ainsi celui de Magdelaine et brusquement elle détourna les yeux : et dans ce regard il trouva quelque chose d'indéfinissablement tendre, qu'il ne pouvait interpréter, mais qui lui troublait le cœur comme une caresse d'amante.

Alors, il lui fallait une surhumaine énergie pour arrêter l'élan d'un aveu qui l'étouffait....

VI

La fantaisie de ces pérégrinations les conduisit un jour à Carthage.

A travers une campagne poudrée d'amidon, que le soleil écrase, la cité de jadis s'entrevoit sur une cime noyée d'azur, et semble pencher le front vers la mer qui chante loin sous elle. Le rêveur qui s'abîme dans les apothéoses la voit touchant l'Olympe; elle lui semble avoir été dressée par la main des dieux à la limite même des horizons de ce monde et des portes du ciel. La montagne qui lui fait socle est à pic sur l'immensité : suspendue, comme les jardins de légendes virgiliennes, à l'éther bleu des univers, on croit reconnaître en elle une étape où dormiront les âmes dans leur chevauchée vers le paradis. Les nuages, parfois, lui font comme un nid d'ouate, et paraissent la bercer dans la nue ainsi que les trônes d'or et les chars des divinités antiques. D'autres fois, le soleil fait jaillir un cratère des flancs de son socle, et elle est alors élevée au zénith par des gerbes de flammes, es fougères lumineuses planant dans les airs en un bouquet d'épopée dont elle est la petite fleur blanche, avec sa cathédrale argentée qu'auréolent les feux de l'infini.

Et de la voir ainsi, passée
A l'état d'astre dans les cieux,
Un songe ranime à vos yeux
L'esprit de gloire trépassée...

Parmi les joyaux précieux,
Des nuits d'Orient, damassées
Par les étoiles amassées,
Elle est un astre dans les cieux...

Car l'enfant morte de Didon
Entre la rose et le chardon
Traîne dans les plis de longs voiles

Ses triomphes audacieux,
Et, petit astre dans les cieux,
Erre chez ses sœurs, les étoiles...

Cette sensation poétique, Jacques et Magdelaine l'éprouvèrent immédiatement quand, au bout de la route de La Goulette, ils aperçurent, là haut, Kart-Kha-Dasht luisante comme une perle fine dans les profondeurs d'un ciel incendié. Autour d'elle, la nature était d'une barbarie intense, d'une paisible sauvagerie, comme si elle avait voulu s'établir en rempart contre toute incursion au tombeau de la reine du monde. La mer, et les cieux, et les éléments, et tout ce qui germait et croissait dans cette terre dévastée, s'étaient ligués pour garder au respect du silence ce coin du monde où s'agitèrent les grandes passions humaines. Sur une route dangereuse, cahotante et ravinée, avec des chutes brusques et des obstacles brutaux, Magdelaine et Jacques gravitaient entre les cactus, les figuiers de Barbarie, les houx d'Afrique et les broussailles échappées des fêlures du roc, — qui s'enchevêtraient, faisaient à la montagne une chevelure épaisse, sèche, tordue par le soleil, aux touffes grimaçantes. La jeune femme avait pris le bras de son compagnon, moins sensible qu'elle à la fatigue de la montée. Absorbés par la contemplation de cette terre où sommeillait le passé, ils écoutaient l'étrange romance de la mer, ce chant perdu que le rythme du vers seul évoque un peu musicalement :

De loin, bien loin, dolce, dolce
Vient ce chant monotone et tendre,
Ce chant si tendre qu'à l'entendre
On pleurerait, dolce, dolce...

Comme le bruissement froissé
D'une moire à rayure tendre,
Il passe en l'air, et fait entendre
Un vague murmure angoissé.

Chant de la mer, ombre qui chante,
Humaine voix du flot qu'enchante
Tout le mystère surhumain.

Chant saisissant, où gémit l'âme
Errante que berce une lame
A la houle des lendemains...

C'était toute la mélancolie de leurs esprits tristes qui vibrait dans ce chant sous le charme duquel leur cœur s'attendrissait. Un frisson les parcourait avec lenteur, ils se grisaient d'une émotion profonde, venue de loin, des plaines illusoires, leurs nerfs s'amollissaient, leurs fibres se fondaient dans ce suprême abandon qui fait songer aux morts imperceptibles par les poisons divins, aux descentes voluptueuses, sans heurts, sans souffrances, dans le vide, vers l'Éternité.

Au faîte de la montagne, Magdelaine s'arrêta :

— Je suis accablée, fit-elle, la marche sur cette pente rapide m'a complètement essoufflée. Reposons-nous un peu, voulez-vous ?

En vérité, elle était étrangement émue. Une sorte de pressentiment pesait sur elle confus, inexplicable ; et elle ne regardait plus que vaguement le rocher titanesque dont les ombres, fixées vers le gouffre de la mer, semblaient des yeux hallucinés.

Assis sur un quartier de roc, devant un étroit sentier menant à la chapelle, ils essayaient de se reprendre à la réalité. Devant eux, une forme blanche passa. C'était un missionnaire, de l'ordre des Pères Blancs. Vêtu de sa grande robe crème, teintée de tons orangés sous le phare du couchant, il marchait à pas menus vers le temple, le front penché sous la chéchia.

Dans l'état d'esprit contemplatif où ils se trouvaient, cette apparition devait les frapper. Magdelaine murmura machinalement : ·

— Il rêve, comme ils rêvent tous...

Elle avait lu, dans la prunelle du moine, la langueur des renoncements définitifs, le large et sombre reflet de l'infini, vers lequel voguent nos tristesses. Elle ajouta :

— C'est le bonheur parfait, celui que nous ne pouvons atteindre... Il n'est plus d'ici-bas... Il est si près des cieux qu'il pourrait, quand la nuit tombe, frôler de la main une étoile...

Souvent, l'esprit à facettes, si profond, de la jeune femme, avait réservé des surprises à Jacques. Cependant, à cette phrase qu'elle venait de prononcer comme on parle en songe, à cette phrase caressante comme un vers, il ne put réprimer un mouvement étonné. Il la fixa. Il vit que sa pensée était ailleurs, bien loin... Et il comprit que la phrase, la phrase de cantique, avait été simplement le résultat d'un fiévreux élan de lyrisme dont l'âme de Magdelaine vibrait à cette minute.

Les sentiments les plus sincères ont leurs calculs, chez les êtres même dont le cœur est le plus loyal. La passion de Jacques en était à ce point précis où, trop à l'étroit dans une seule pensée qui l'emprisonne, elle veut l'expansion libre et suprême de l'aveu. L'amour est intuitif. Brusquement Jacques perçut de façon clairvoyante que l'instant serait propice à cet aveu s'il pouvait exciter davantage encore la sensibilité lyrique de Magdelaine, la pousser à un de ces essors de mysticisme qui mettent aux yeux des larmes. Il lui désigna le moine qui, sans quitter du regard la terre-mère embrassée par sa songerie, entrait dans l'église.

— Suivons-le, dit-il. Venez...

Elle se laissa entraîner. Ils entrèrent dans la cathédrale.

L'orgue priait avec des accents évangéliques éperdus.

Là, sous la nef grondante, agenouillés au pied des autels, dans la pénombre, tous les missionnaires s'abîmaient dans une fervente invocation du Christ. Ils avaient d'inoubliables poses extatiques sur les dalles qui leur meurtrissaient la chair, de ces poses de saints que l'on retrouve dans les triptyques religieux de la Rome chrétienne. L'Illusion, l'Illusion vivante, errait dans leurs yeux. Tous étaient grands ; il en était de très jeunes qu'avait mûris la Foi, et dont le visage juvénile s'imprégnait de cette indéfinissable tranquillité de traits qui ennoblit les doux et les pensifs. Immobiles sur la pierre, ils restaient, genoux fléchis, dans l'écoulement solennel des heures, et, comme la dernière fusée rouge, la dernière lueur incendiaire du soleil enfoui dans les brumes lointaines venait filtrer aux vitraux du temple ses traînées de sang vif, — ils faisaient un tableau saisissant.

Chancelante, Magdelaine était tombée sur un prie-Dieu, joignant sur son front blanc ses blanches mains fines. A cette heure sublime, il lui semblait que, de ces êtres sanctifiés, transfigurés par la prière ardente, l'âme s'échappait et volait dans l'encens, sous les voûtes violacées, jusqu'au cœur saignant de Jésus crucifié au milieu des cierges, — et que ce cœur se prenait à battre. La voix de l'orgue s'élevait plus fort, suppliante, en pleurs... Et cette voix, c'était la voix de l'humanité qui avait passé les mers, fendu les espaces, pour se réfugier là-haut, dans la morte Carthage, où elle exhalait ses souffrances et proclamait ses espoirs, en une plainte d'agonie.....

Jacques frémissait. A voix basse perceptible à peine, il prononça :

— Magdelaine...

C'était la première fois que, s'adressant à elle, il prononçait ce nom. Elle n'en fit point la remarque, et leva le front.

— Sortons, dit-il, l'heure s'avance...

En effet des voiles violet sombre envahissaient l'église, la blancheur des frocs immobiles s'évanouissait dans la pénombre, et à travers un clair vitrail, par-dessus l'auréole d'une Vierge souriante, brillait la première étoile...

Dehors, une brise soufflait du large, qui les attira vers le large. En Magdelaine, quelque chose s'était démantelé. Et le mot lui vint du philosophe déçu : « A quoi bon ? » Pourquoi vivre quand les rayons mêmes du soleil font un limbe au chaos ? Quand la nature chante la mort, comme les muses chantent l'amour !

— Pourquoi ? redit-elle.

Et, lointaine, embrassant le cirque d'un large coup d'œil ;

— Rappelez-vous Jacques... Carthage en ruines, le spectre de Carthage, que nous foulons, c'est le tombeau de la vie. Sur ce sol où persiste, en blocs de pierres, le stigmate d'une formidable civilisation, toutes les passions des hommes se sont épanouies, déchaînées jusqu'à la frénésie. Des gloires géantes y ont surgi, — des êtres géants y ont souffert... Qu'en reste-t-il ? Le vide...

Et toute la plainte de sa vie déçue s'exhala. Oui, le vide ! — Un pleur que symbolisait ce flot mauve de la mer, qu'elle voyait rouler du couchant et qui s'émiettait en larmes au pied de la montagne. Alors, pourquoi le Calvaire ? Pourquoi ne pas jeter un deleatur sur le présent et vivre l'éternel ?

— Pourquoi ?...

Le port de Carthage s'élargissait en tache d'huile. La dorure du couchant ne s'y baignait plus, le deuil des nuits tombait. Une bruine de ténèbres poudroyait dans l'atmosphère, et les cigales ne chantaient plus. Devant l'océan des airs où se joignaient des masses d'ombre, Magdelaine évoquait involontairement la vie des Pères Blancs ; un songe d'azur les faisait planer dans une aire d'or et de paix, ils étaient seuls avec l'Espoir, leur rêve souriant à l'appel du linceul. Ah ! pourquoi n'avait-on pas, comme eux, le sommeil conscient avant le grand sommeil fatal ? Ils vivaient dans la mort, — elle, mourait de la vie... Pourquoi vivre ?... Pourquoi ? Mot éternellement sinistre du doute et de la douleur.

Elle répéta :

— Pourquoi ?

Alors, dans le silence de la nuit, une voix douce, tremblante, murmura :

— Pourquoi ?.. Je vais vous le dire, Magdelaine....

Et l'aveu, l'irrévocable aveu, elle l'entendit, éperdue. Ce fut comme un chant d'am qui se modula dans le trouble complice la nature endormie. Longtemps, Jacques parla, tristement, passionnément, éperdument ; il mit à nu son cœur, dévoila son amour réprimé, plaida son âme éprise. En phrases simples et pénétrantes, il détruisit la poésie négative de l'aimée, exprima les espoirs que fait naître l'accord suprême des amants, fit resplendir les éternels horizons de l'amour qui triomphe des pires douleurs, auquel ne résiste aucune désespérance humaine. Les mots brûlaient ses lèvres, et il s'exaltait à mesure : le fond de sa jeunesse vaillante surgissait de son pessimisme, victorieusement. Pour Magdelaine, c'étaient trop de sensations : elle chancelait, ne pouvait que répéter :

— C'est mal ce que vous faites... Vous trompez mon amitié... De grâce taisez-vous !...

Mais ses lèvres mentaient à son cœur. Elle voulait l'entendre encore, encore, le chant d'amour, sous les étoiles... Et comme il lui répondait, d'une voix brisée :

— Alors, pardonnez-moi... Je partirai... demain...

Elle se sentit à bout de forces.

— Oh ! non... non !... avoua-t-elle.

Sa tête se pencha sur l'épaule de Jacques, il but, d'un long baiser, ses larmes. Et cette étreinte sacra la communion de leurs âmes...

VII

...Dans la vie de Jacques, ces jours d'amour furent un éblouissement.

L'Énigme était devenue l'Idole. L'artiste se plongeait dans l'extase ; l'homme, dans la réalisation du rêve. Un fanatisme éperdu saisissait l'artiste devant l'idéale apparition. Un délirant enthousiasme des sens révolutionnait l'homme. Son fanastisme, ses sens, chantaient Magdelaine. Chanter Magdelaine, c'était chanter la femme.

Car, dans toute la splendeur de la femme, elle s'était révélée à lui. C'était la beauté qu'il enlaçait dans sa folie émerveillée ; elle était si belle, si uniquement belle, que parfois il se la représentait comme un être impersonnel, symbole du rêve esthétique, symbole du rêve animé, — oui, l'Idole, l'Idole vivante, pensante, aimante, réalisée pour lui seul, ainsi que pour les rois seulement les fées apparurent et parlèrent.

L'Idole vivante, pensante, aimante..

Vivante : la vie même, la vie saine et généreuse, ce corps superbe, robuste et souple, cette magnificence de chair ambrée et rosée, blanche aussi, de la blancheur des satins; parfum de vie, le parfum grisant de cette peau soyeuse, duvetée d'or fin, le plus fin des ors; richesse de vie, cette chaleur de sang, cette chaleur capiteuse jusqu'à donner l'ivresse, richesse de vie, cette fougue dans l'abandon, cet ardent appel à l'amour des lèvres brûlantes; idéalisation de la vie, cette impeccable finesse de lignes féminines, cette majestueuse ondulation de statue antique, ce galbe hautain, cette hardiesse des seins durs, cette aristocratie des attaches, cette fierté de mouvement dans la cambrure élastique du rein ; idéalisation de la vie, ce corps mince et fort, sinueux et ferme, ce triomphe de la nudité pure, de l'inoubliable et sublime beauté.

Pensante : car elle pensait comme l'esprit même, lointainement, profondément, immensément, et son âme spirituelle était belle comme la Beauté.

Aimante : car, s'étant donnée, elle lui avait appartenu toute avec une surprenante fierté d'amoureuse; possession sans limites, entière, absolue. Elle l'aimait sans restriction, et elle avait l'audace de cet amour. Elle était de celles qui ne se donnent guère, mais qui ne se reprennent point si elles se donnent. En Magdelaine, il y avait de l'antique; elle était à son époque comme une ironie.

Qu'importait, à présent, à Jacques, qu'elle fût l'inconnue ! Désormais, elle ne serait plus pour lui que l'amante. Et dans ce mot, au sens allégorique et élevé que lui donnait l'artiste, toute la vie ne se résumait-elle point ?

Jours d'amour, jours d'ivresse... Sous les grands cieux d'Afrique, loin des hommes, loin des batailles de l'existence, ils vécurent dans leur songe, grisés par lui, bercés d'un infini bien-être. Le front de Magdelaine s'était découvert, purifié, radieux ; elle était absente au passé, à l'avenir, elle jouissait du présent. Devant elle et derrière elle, le gouffre oui, peut-être ? Elle ne s'en préoccupait plus. Pourquoi se dire que la route mène à l'abîme, si la route est jonchée de roses ? Jours d'amour, jours d'ivresse... Ces jours d'amour furent pour les amants une longue et trop courte ivresse.

Trop courte. Car les joies ont leurs lendemains. Un matin, Jacques reçut une lettre. Avant même de l'ouvrir, il blêmit. Il n'avait pu faire autrement que de trahir le secret de sa retraite en envoyant des croquis à son éditeur. Or, cette enveloppe à firme, timbrée de Paris, contenait une réponse à son envoi, des mots d'affaires... Et il n'osait la déchirer cette enveloppe, il n'osait lire : il com-

prenait que, dans ces plis était le réveil qui romprait brutalement le rêve.

Il se décida...

Magdelaine attendait...

La lettre parcourue, il leva vers la jeune femme des yeux dont l'expression disait tout. Et ils restèrent médusés. C'était inévitable, ils tombaient dans le guet-apens de la vie.

Longtemps après, seulement, Jacques parla :

— Cette fois, il faut, hélas ! il faut que je rentre à Paris !

Elle ne le quittait pas de son regard noyé d'ombre.

Toute la journée ils restèrent effondrés, dans l'anéantissement de leur bonheur. Mais, le jour suivant, Magdelaine dit :

— Jacques, voulez-vous que je vous suive ?

Cette phrase le fit tressaillir ; il crut avoir mal compris. Magdelaine ajouta :

— Comme je vais hiverner ici, je suis obligée en quelque sorte de terminer à Paris quelques affaires abandonnées...

Et elle acheva, nuançant ses paroles d'une glaciale ironie dont le sens devait échapper à Jacques :

— Des affaires de famille...

L'amant n'écoutait point, du reste. Il n'avait compris, il ne voulait comprendre qu'une chose : elle partait avec lui, elle ne le quittait pas ! Brusquement il lui prit les mains, l'attira, le cœur battant :

— Mais qui êtes-vous donc ? pour faire ainsi mon bonheur ?.. Moi qui ne savais comment...

Elle haussa les épaules, d'un air de découragement et de lassitude :

— Il n'y a pas de bonheur, mon pauvre ami, dit-elle. Il n'y a que des bonheurs que l'on espace, de loin en loin, sur notre route pour aiguiser davantage les désespoirs qui suivent...

Lui pensait :

— Comme elle dit vrai ! Bonheurs, fusées à peine jaillies, aussitôt mourantes, dans l'ombre éternelle...

Un paquebot devait quitter Tunis trois jours plus tard. Il fut décidé qu'on s'embarquerait. Jacques, chargé de remplir les formalités de passage à bord, demanda :

— A quel nom dois-je ?...

— Au fait, c'est vrai, Mme d'Aumont et M. Nordèz, voilà bien des mots ; il nous manquait cette originalité !... faites inscrire : M. et Mme Nordèz...

En route pour Tunis, Jacques se répétait :

— Mme Nordèz ! Mme Nordèz !

Et, pensant à leurs tristesses, à leurs visions communes, il trouvait que Magdelaine le portait bien, ce nom !...

. . . .

Ils partent. On a lâché les amarres. La manœuvre inquiète s'est rassérénée. Le pont est balayé. Des passagers appuyés aux bastingages, les officiers sur la dunette, le pilote à la roue, l'équipe à sa lente et placide routine. Et le bateau, avec son pesant bruit

d'ailes, se recule de bâbord, et puis glisse dans la paresse de la houle claire, entre les remous de bitume au flic-floc cadencé, profond et sourd. Ils partent...

Sur le pont de ce navire qui les rapatrie, un trouble bizarre les parcourt. Adossés contre la rampe d'une cale, ils restent droits, sans un geste, les yeux fixés largement sur cette côte qui passe, lente, dans une lueur d'enfer. Des nuées d'Arabes sont là, sur les quais, par groupes d'albâtre dont les reliefs s'accusent en reflets d'or, et dont les détails ont été coloriés par la main d'un artiste ardent. Une fougueuse impression de couleurs papillote dans l'air, et c'est comme un crépitement de tons qui s'anime dans la rage du soleil. Du rouge, du bleu, du jaune crus, et, en d'autres plans, les finesses de l'arc-en-ciel grouillent, frétillent nerveusement dans le bain d'ocre transparente et brillante qui se laisse choir du ciel en cascades de paillettes. Dans cette orgie de lumières, les figures bronzées pointillent la palette, et luisent sous les turbans, — et le brazillement des prunelles d'encre les nimbe étrangement.

Ce sol inondé de cuivre en fusion, que lèche longuement une mer olivâtre, paraît lui-même agité d'une vie mystérieuse qui fourmille frénétiquement. Il s'en élève un rayon de fièvre, qui se communique partout, et monte vers ce ciel bleu tendre, bleu comme une vieille soierie orientale, qui tombe mollement, là-bas, sur les horizons mordorés du décor.

Et leur regard, avide, reste braqué sur ce panorama de lanterne magique, fantasque et surnaturel, qui se déroule et s'éloigne à la fois dans une traînée éblouissante, le sillon nacré d'un astre qui fend la nue. Leur trouble grandit, quelque chose s'effare de leur pensée ondoyante. Peu à peu, cette infuse sensation se précise : c'est la paix qui se retire là-bas vers les lointains, dans une effloraison d'éclairs : la paix, dans le large, dans l'espace, loin des lois, loin des doutes, sous le soleil ! C'est la paix dans la vie, — dans la Vie qui germe et croît, s'élève et s'exalte, sans entraves pour arrêter le flot gonflé de ses sèves, — comme Dieu la fit.

Magdelaine s'est serrée contre Jacques. Ils comprennent qu'ils viennent de laisser là, sur cette terre de liberté, beaucoup de ce qui fait vivre ; le bonheur d'être soi, son seul maître dans la nature qui se pâme, sous l'azur des cieux...

Brusquement, Magdelaine a un mouvement nerveux de recul. Et, le bras tendu, elle désigne du doigt, sans un mot, la petite maison bleue qui vient d'apparaître là-bas, dans son oasis verdoyante...

C'est le bonheur qui fuit...

Longtemps, ils la suivent d'un regard qui se perd dans le doux crépuscule. Des yeux de la jeune femme, des perles s'égouttent, une à une, et roulent sur l'incarnat de ses joues.

Et soudain, tandis que Jacques se tait, le cœur crispé, — une autre image s'offre, qui les fait tressaillir : ils aperçoivent Carthage, la petite fée morte qui repose à côté des étoiles, au seuil des paradis, et dans le sein de laquelle on sommeille et l'on rêve...

VIII

— M⁻ d'Aumont, s'il vous plaît?...

— Oui, monsieur, madame est chez elle...

On chuchota dans la loge :

— Dame! elle y est toujours... C'est pas la peine de le demander !...

Et, la figure collée au carreau du guichet, les concierges regardèrent curieusement Jacques qui gravissait les escaliers à la hâte. Il les intriguait, ce visiteur qui, tous les jours, depuis un mois, montait chez M⁻ d'Aumont, et s'arrêtait chaque fois devant la loge pour poser une question à laquelle il eût pu certainement répondre lui-même. Que signifiait cette visite quotidienne ? Que va faire un jeune homme chez une jeune femme, sinon « conter fleurette »! Bien invraisemblable, cependant, cette supposition : M⁻ d'Aumont était « une personne si tranquille », toujours chez elle, depuis un an qu'elle avait loué le petit appartement de second. Jamais elle ne sortait, jamais elle ne recevait de visites. Il est vrai que, lorsqu'elle mettait les pieds dehors, ah ! dame, alors, c'était pour de bon: presque trois mois d'absence, et où, mon Dieu ! Dans des pays de sauvages, en Afrique ! Drôle de locataire tout de même !

Jacques venait de sonner à la porte de l'appartement. Magdelaine elle-même ouvrit. Et ils passèrent tout deux dans un petit salon étroit, gonflé de ces meubles d'art anciens, de ces choses patientes et vieillottes qui dorment contre les murs, à l'ombre des encoignures, et semblent receler dans leurs tiroirs quelque chose de l'âme des temps révolus. Les tapis, les tentures, les soieries qui encadraient la pièce, avaient ces tons éteints, doux à l'œil, que donnent aux objets cent ans de lumière. Entre quelques tableaux de couleurs sombres, de frêles pastels du siècle dernier, des miniatures, dessinant le profil moqueur de petits abbés et de marquisettes poudrées, finement souriantes, piquaient de clarté la tapisserie.

— Voilà votre exactitude en défaut, dit Magdelaine quand ils furent entrés. Une heure de retard, aujourd'hui !... Notez mon enfantillage : je me suis tellement habituée

à entendre votre coup de sonnette à la même heure, que j'ai eu peine, cette après-midi, à combattre une inquiétude...

Un pli soucieux barrait le front de Jacques. Il expliqua ses contretemps: d'infructueuses visites d'affaires, des négociations engagées et puis rompues avec cette soudaineté capricieuse qui se manifeste fréquemment à Paris, dans les officines où l'Art s'achète. De nouveau, une malechance s'acharnait après lui, qu'il essayait en vain de combattre par la patience, et l'énergie. Hélas ! quelle lutte, et quels dégoûts ! De trois côtés différents, aujourd'hui, il avait subi des échecs inattendus. Et il avait retraversé Paris, pour se rendre chez Magdelaine avec, sur les épaules, le poids de sa déception, — à cette heure lugubre de l'entre-chien-et-loup, à cette heure effroyablement triste où Paris s'engrisaille, où le ciel brumeux se plombe, où s'allument les flammes jaunes des gaz, tandis que la fournaise va toujours, que la houle humaine roule, roule, fiévreuse, sur les trottoirs humides, sur les chaussées boueuses ; l'heure où l'on pense au suicide...

Avec un geste découragé, il termina :

— J'ai réfléchi. Et, tout le long de la route, je me suis dit que je m'abusais, que, décidément, il fallait que je n'eusse rien dans le ventre !...

Magdelaine haussa les épaules. Sur un ton monocorde, elle affirma :

— Allons donc ! vous avez plus de talent, mille fois, vous m'entendez bien, que ceux qui vous supplantent...

Elle souriait amèrement :

— Vous êtes plus inspiré... mais moins commercial !

Mais l'ironie était insuffisante à satisfaire une révolte dont elle souffrait intérieurement :

— Ah ! mon pauvre Jacques ! Vous ne saurez jamais avec quelle douleur je suis pas à pas vos luttes, depuis un mois ! Avec quelle colère j'apprends vos déboires ! Avec quel fiel je songe à cette iniquité de la ville maudite... La ville maudite ! Vous rappelez-vous mon cri de haine tandis que nous en parlions, là-bas... là-bas... en pleine mer, dans l'air libre, dans les flots libres, sous le ciel libre ? Dites, vous rappelez-vous ?...

Oui, il se rappelait. Il se rappelait... Il venait de la voir pour la première fois, alors, et il l'écoutait avec un vague doute, mais aussi l'inquiétude de se dire qu'elle devait avoir raison... S'il se rappelait ! Comment eût-il oublié combien elle était belle dans son imprécation, combien elle fut belle surtout ensuite, quand elle chanta le soleil, le lointain, la lumière, les cieux sans fond, la rêverie de la grande nature saine et franche, la vie ! Et l'enchaînement logique des pensées, la loi rationnelle des contrastes, fit jaillir brusquement dans son esprit une comparaison qui le glaça...

Par la croisée, une blafarde lueur de crépuscule automnal pénétrait doucement, accusait de grandes ombres dans les coins du salon : Magdelaine se trouvait précisément sous le reflet de ce rayon blême qui, frôlant son visage, en faisait saillir durement les reliefs. Et Jacques la contemplait, sans mot dire, saisi d'un indéfinissable effroi...

Elle avait terriblement maigri ; sa figure amincie, allongée, fuyait comme ces maladives figures de madones que créa l'imagination des artistes mystiques : ses grands yeux clairs, plus grands encore, s'enfonçaient dans les orbites sombres, et, sous les cils, les prunelles bleues avaient une profondeur inouïe. Toute sa douleur, toute sa tristesse spirituelle flottait sur ce visage souffrant, envahi d'une pâleur d'agonie. Et Magdelaine maintenant semblait n'être plus que l'âme de Magdelaine...

Il existe entre certains êtres, une transmission intuitive d'une netteté surprenante.

La jeune femme, sous le regard de son amant, murmura d'une façon presque inconsciente :

— J'ai vieilli, n'est-ce pas ?...

Et, sans lui permettre une protestation :

— Paris me tue...

A son tour, Jacques eut, à cette phrase, une secousse d'énergie :

— Paris vous tue ! s'écria-t-il. Mais soyez donc juste, Magdelaine ! Vous n'en prenez que les tristesses ! Depuis que vous êtes rentrée ici, vous n'avez pas bougé, prisonnière de ces quatre murs ! Vous avez regardé par la fenêtre les jours moroses et froids d'octobre, et, de parti pris, vous vous êtes plongée dans vos tristesses... vos tristesses que je devrais connaître cependant, puisque je leur dois une consolation, — puisque, dit-il en s'échauffant, puisque je vous aime ! puisque vous êtes absolument à moi, Magdelaine, toute à moi, et que je suis plus encore à vous... Vous fuyez toutes les joies de la vie, vous ne vous réfugiez même point dans ma tendresse... J'offre un baume à votre secret douloureux... et vous le refusez ! Il est dans la vie des joies, vous n'en prenez que les douleurs ! Vous vivez votre chagrin et vous ne voulez l'adoucir dans cet apaisement que je vous offre : la confidence à l'être aimé, le partage des peines... Ah ! savez-vous qu'il y a là quelque chose d'effrayant et d'incompréhensible : je ne sais pas qui vous êtes, vous entendez ! Je ne sais pas qui vous êtes et je suis votre amant, et vous êtes ma maîtresse ; et je suis votre mari, et vous êtes ma femme !

Il l'avait enlacée, la serrait contre lui ; il

haletait ses phrases. Mais, à ce cri, elle eut un mouvement nerveux pour se dégager :

— Votre femme !... mon mari !... dit-elle à voix basse.

Puis, se ressaisissant, comme il s'était affaissé, à genoux devant elle, d'une caresse de ses mains fines elle lui enveloppa la tête, et avec un intraduisible accent de tristesse, elle prononça simplement :

— Pauvre ! Pauvre ami !

Maintenant, le jour s'était évanoui tout à fait, le soir envahissait la pièce d'épaisses ombres ; sur le miroir d'un panneau vaguait confusément une dernière blancheur follette peu à peu mourante. Jacques se releva, se laissa choir dans les coussins d'un divan, près de Magdelaine. Elle s'affaissa contre lui, l'étreignit : des sanglots lui montèrent à la gorge, elle bégaya :

— Oh !... que je t'aime, toi !... Je t'aime !...

Et toute l'origine, toute l'essence, tout le fond de sa tendresse revint dans ces mots :

— Tu es bon... tu es triste... je t'aime, Jacques, je t'aime !...

Quelle analyse exacte dans ce lambeau de phrase passionnée ! Où demeure, en effet, la puissance de l'amour, sinon dans la communauté des sensations, dans la similitude des âmes !...

<h2 style="text-align:center">IX</h2>

... Ainsi, chaque jour davantage, la passion de Jacques s'exaltait. Il avait fallu l'élévation et la beauté de Magdelaine pour l'absorber : il était tombé fatalement dans le guet-apens de sa propre originalité ; l'excès de sa sensibilité tourmentée, sa chasse à l'idéal, son imagination vibrante, son sentiment même, dans l'acception la plus large du mot, avaient été impressionnés jusqu'au délire par cette apparition inattendue : la synthèse personnifiée de son désir. Avec toute sa foi de sentimental exacerbé, tout le mysticisme de son art, il adorait Magdelaine ; et peut-être l'ignorance, dans laquelle il tâtonnait, de la vie de sa maîtresse, était-elle un motif de plus au développement de son culte. L'inconnu a sa grandeur. L'amant devait se complaire dans ce mystère, qui amplifiait son rêve.

Par surcroît, il envisageait très bien toute l'étendue du sacrifice que Magdelaine avait voué à son amour en rentrant à Paris, et en y restant : sans démêler les causes du martyre — car ce mot n'avait rien d'exagéré —

de la jeune femme, il assistait cependant, désespéré de son impuissance, aux résultats qui s'ensuivaient. Cloîtrée dans son petit appartement de la rue de Berri, en tête à tête avec sa désolation, elle n'avait d'autres joies que celles qui lui étaient réservées par les visites quotidiennes de Jacques. Et, de jour en jour, il la voyait pâlir, s'étioler, ses grands yeux perdus dans un infini de pensées lugubres, dont elle ne pouvait s'arracher qu'aux heures où le plaisir des lèvres ardentes reste seul, efface l'avenir et le passé dans l'anéantissement des voluptueuses tendresses. Mais si l'amoureuse pouvait oublier, la femme n'oubliait point. Et vaincue par une consomption dont le travail sinistre la minait rapidement, elle semblait aller à la mort comme les fleurs se ferment et tombent, silencieuse et résignée.

Parfois, tandis qu'il la suppliait, avec toute l'éloquence de sa passion aux abois, il la voyait prête à la confidence, l'aveu sur les lèvres, la gorge étranglée, les yeux brillants et humides. Par un violent effort sur elle-même, elle triomphait de cet abandon. Lui s'en allait désorienté, l'esprit enfiévré battant la campagne. Le poison qui ravageait leur amour était lent et sûr.

Un soir, contre son habitude, il sonna rue de Berri. La domestique, inconsidérément, le fit entrer aussitôt dans le salon : sous la lueur d'une lampe, dans la clarté doucement tamisée par un abat-jour en vieille soie brochée de ramages aux couleurs tendres, la silhouette de Magdelaine se courbait sur une table. La jeune femme écrivait, sa jolie tête, gracieusement penchée vers le papier, auréolée d'un pâle reflet rose dans l'or des cheveux. Elle semblait profondément absorbée ; il y eut un temps avant qu'elle se retournât. Mais la servante annonça Jacques ; elle se dressa, d'un violent haut-le-corps, et, — comme il s'approchait, — inconsciemment, elle eut un geste semblable à celui de l'avare qui protège son trésor, couvrit, de ses mains ouvertes, les feuilles éparses gisant sur l'écritoire. D'un regard effaré elle le fixait :

— Vous.. Jacques... Je ne vous attendais pas... Vous ne venez jamais à cette heure...

Son attitude était exactement celle de la femme adultère surprise devant les preuves de la faute. Et Jacques, stupéfait, plus décontenancé qu'elle-même, restait sans un mot.

Alors, dans l'espace de quelques secondes,

l'angoisse du jeune homme subit une évolution que rien n'avait préparée, que cette scène inattendue, seule, provoquait. Une jalousie irraisonnée, subite, lui mordit le cœur :

— Je vous dérange ?... dit-il sur un ton singulier.

— Non... assurément... j'ai été surprise... voilà tout...

Il insista, toujours avec le même accent :

— Je vous dérange ?... Faut-il me retirer?

— Oh! Jacques!...

— C'est donc bien grave, cela ? dit-il en désignant l'amas des pages superposées.

Elle ne répondit pas, mais, après un silence :

— C'est très grave! dit-elle posément.

Il blêmissait. Il avança la main pour saisir une feuille, au hasard :

— Et... peut-on voir ?

D'un mouvement prompt, elle rassembla le tout, et, fermement :

— Non!

Il poursuivit, avec une ironie âpre, la main toujours tendue :

— Ah! décidément, oui! c'est bien grave... Pourtant, si je tiens à me rendre compte...

— Jamais!

— Si j'y tiens?

— Jamais!

— Si je veux?

— Jamais!

Durement, il appuya :

— Si je veux!

Magdelaine se mordit les lèvres. Ce fut, pendant une minute, comme une menace qui pesa dans leur mutisme. Tous deux étaient d'une pâleur cireuse, dans l'orbe diffuse du rayon lumineux de la lampe.

— Si vous voulez!... dit-elle avec hauteur. Si vous voulez, je vous demanderai de quel droit vous voulez!

Il baissa la tête. Son cœur battait à se rompre. Toute la violence de sa passion se reportait sur une pensée mauvaise. Il siffla :

— Après tout, vous avez raison, — vous avez raison de me rappeler à l'ordre... Mes droits ?... En effet! quels sont, où sont mes droits? Sur quoi me baserai-je, sinon sur l'honnêteté du cœur, chose négligeable! — pour vous empêcher d'écrire de longues pages d'amour à un amant, dans l'intervalle des visites d'un autre!

Ni l'intelligence, ni la raison, ni la douceur, ne résistent à la jalousie. Un instinct de brute les remplace dans l'esprit le plus

élevé. C'était presque inconsciemment que Jacques avait laissé partir cette grossièreté injustifiée et folle. Cinglée, Magdelaine recula, le visage contracté :

— Vous dites ?... Voyons... revenez à vous... Vous êtes fou ?...

Mais le regard de Jacques était trouble. Sa raison l'abandonnait. Et il appuya bêtement :

— C'est juste!... Je devais m'y attendre! Le cliché... Ah! toutes les mêmes!

Un mot, un seul mot le frappa comme un coup de massue :

— Sortez!

Droite, au milieu du salon, les yeux agrandis, les traits crispés, Magdelaine répétait :

— Sortez!

Il baissa la tête, fit trois pas vers la porte, assommé, titubant. Il murmura, sans conscience :

— Adieu!

— Adieu! dit-elle sourdement.

Leurs regards se croisèrent. Le visage de Magdelaine s'était détendu, avait repris son expression de douceur et d'immense tristesse. Alors, chancelant, il revint à elle. Tout son emportement dompté se fondit en un accès de désespoir ; il balbutia, sanglotant :

— Pardon!... Pardon!... Oh! pardonne-moi!... C'était plus fort que ma volonté... Une crise de jalousie atroce!... C'est que je t'aime, je t'aime ardemment, je t'aime immensément... et ce mystère qui plane autour de toi... cet insondable mystère... cette énigme qui m'effraie et dont tu ne veux pas me donner le mot... tout cela m'a affolé... Puis ces pages, ces longues pages d'écriture amoncelées là... que tu te refuses à me livrer!... Pourquoi? mais pourquoi? Oh! dis-moi! je t'en supplie, je t'en conjure! Tu ne vois pas, — mais tu ne vois donc pas! — que je n'en puis plus, qu'il me faut savoir, que je souffre la damnation!...

Il était sincère. Sous l'influence d'un revirement foudroyant, son amour, naguère charmé par le mystère, s'en alarmait soudain jusqu'à la torture. Et les mots se pressaient entre ses lèvres convulsives, prononcés avec un accent de supplication éperdue :

— Je veux savoir!... je veux!... Que t'importe de me dire ? Tu seras à moi davantage, toute à moi, irrémissiblement mienne, quand il ne sera plus une fibre de ton cœur, plus un incident de ta vie, plus un secret de ta pensée que je ne sache. Oh! Magdelaine! tu n'ignores pas que je te sacrifierais tout, que je n'ambitionne autre chose que l'union

la plus étroite de nos deux êtres... Dis-
moi !... Parle-moi !... Tiens... rien que le
secret de ces pages ! Je ne t'en demande pas
plus ! L'explication de ton trouble !... de ta
résistance... Je t'en supplie !...

Elle hochait la tête, avec un sourire navré ;
un seul mot, murmuré, ponctuait les phrases
fiévreuses du jeune homme :

— Enfant !... enfant !...

A bout de force, découragé, comprenant
l'inanité de ses efforts, il renonça. Longtemps, ils restèrent sans se parler, égarés
dans un monde de réflexions ; Jacques
sentait qu'entre eux se dressait quelque
chose de plus puissant encore que leur
amour, qui les séparait implacablement.
Une rage de désespoir mettait son
âme en désarroi.
Ah ! c'est qu'à
cette heure
tout son cer-
veau, tout
son cœur,
tous ses
sens, out
lui, étaient défi-
nitivement con-
quis par la seule
femme qu'il eût
pu aimer. Toute
sa vie tenait
dans cette pas-
sion unique,
dont le despo-
tisme absolu
était en somme d'une logique irréfragable
selon l'ordre éternel des sentiments humains. Et il se disait avec abattement :
« C'est que dans ses veines coule mon sang.
Je n'existe plus que pour elle ! »

Un temps indéfini se passa dans cette
prostration. Puis Magdelaine lui prit les
mains. Elle le regardait obstinément avec
cette étrangeté de ses yeux profonds, aux
lueurs lointaines.

— Le chagrin que vous m'avez fait est venu
bien mal à propos, mon pauvre Jacques,
dit-elle. Il s'est présenté quand déjà je souffrais beaucoup d'une chose inattendue...
Oh ! pas bien grave assurément, mais tout
au moins.. attristante... Je suis obligée de
m'absenter pour quelques jours ; vous savez
que j'ai totalement négligé les démêlés de
famille... dont je vous parlais au pays bleu,
au moment de notre départ. Il faut cependant que j'en finisse. Les gens d'affaires se

sont chargés de me le rappeler. Et je pars
demain...

C'était pour Jacques un nouveau coup. Il
répéta machinalement :

— Vous....vous partez demain ?...

— Oh ! j'insiste... pas pour bien longtem
Quatre, cinq jours au plus ! Voyons, qu
jour, aujourd'hui ? Lundi... Eh bien, vous
viendrez me voir... samedi, à l'heure habituelle, je serai rentrée.

Il reprenait :

— Ah !... vous partez demain... Bah ! vous
partez ?... Et pour où ?...

Si décidée qu'elle fut, une imperceptible
hésitation mit un temps d'arrêt entre cette
question spontanée et la réponse
qu'elle y voulait faire :

— Je vais à Tours, dit-elle
Un désespoir d'enfant l'a-
battit dans les bras de
Magdelaine ; et il gémis-
sait, écrasant son visage
mouillé sur la poitrine
haletante de l'aimée :

— Ah ! ce n'est donc point un mot ! Les
romans disent vrai : on ne peut aimer san
souffrir...

Elle le consolait de mots vagues, qu'ell
pouvait à peine prononcer, la respiratio
pénible si courte : « Pourquoi ce chagrin ?..
Cinq jours de séparation... C'était beaucoup,
certes... Mais la vie réserve des épreuve
plus dures !... Il manquait d'énergie...
son désespoir, il fallait l'avouer, était pu
ril. » Et comme il voulait protester, de s
lèvres elle but à ses lèvres le baiser d'oub
frénétiquement.

X

... C'est aujourd'hui que Jacques doit
revoir Magdelaine. samedi. Il vient de pa

ser quatre jours atroces. Quatre siècles d'angoisses. Pourquoi? « Parce que je l'aime d'un amour qui confine à la folie, et que je ne puis plus être sans la sentir près de moi, sans la voir, sans réchauffer ma solitude à sa tendresse, sans griser mon âme à sa beauté, sans fondre dans l'infini de son cœur l'infini de ma pensée »; ainsi conclut Jacques. Il se trompe. Il y a autre chose qui enserre son cerveau comme d'un cercle de fer, qui lui broie le crâne, qui l'affole. Il y a le pressentiment; il y a le pressentiment d'une douleur énorme, qui est dans l'air, qu'il a sentie passer dans les ténèbres, durant ces dernières nuits, ces nuits interminables, ces nuits de deuil. Mais on n'écoute pas les pressentiments; on les souffre.

Cependant, au moment de quitter son atelier, où tombe, par la verrière, la poussière grise du jour finissant, pourquoi, dans la pluie d'ombre mélancolique d'un soir de décembre, ses yeux, que la fièvre brûle, observent-ils sans trêve une même vision qui fuit en éclair, pour reparaître aussitôt : telles les messagères d'Odin dans leurs chevauchées à travers les brouillards éternels. Il chasse la vision, — elle s'impose : c'est Magdelaine, qu'il a vue l'autre soir devenir d'une pâleur effrayante à l'instant où il l'a quittée; c'est Magdelaine dont les grands yeux agrandis l'enveloppaient d'une lueur d'égarement, dont la douce figure s'était transformée en masque tragique.

Obstinément, cette scène en son esprit, s'évoque : il allait franchir le seuil de la porte, calme, consolé : il entendait le cri étouffé, comme un souffle rauque : « Jacques!?.. » Il voyait Magdelaine roidie, s'appuyant contre un mur pour ne pas tomber, puis faisant un effort suprême, lui ouvrant les bras, l'étreignant, lui couvrant la tête d'un flot de baisers, le poussant enfin dehors ; « Va-t'en... Va-t'en vite!... » Dans la rue, il avait repris ses sens sous un souffle d'air glacé : il restait hésitant; une force impérieuse lui avait dit : « Remonte!... » Mais comment? Pourquoi? Sous quel prétexte?.. Et il était parti...

Il a mal fait. Il aurait dû obéir. Il se l'affirme aujourd'hui, tandis qu'il marche vers la rue de Berri, — car l'heure approche — il aurait dû céder au commandement de cette voix inconnue. Il le sent, — il le sent, et son cœur maintenant secoue de grands chocs sa poitrine... Mais qu'a-t-il donc? Folie, tout cela, folie! « Folie! » dit-il tout

haut; — et il marche plus vite, heurte un passant, file entre les groupes sans s'inquiéter des protestations qui le suivent; il court... Il lui semble que sa tête se vide, que son corps se vide; il lui semble que toute cette foule, tout ce mouvement, giroient dans Paris qui s'allume. Magdelaine est là; Magdelaine l'attend; il court...

Sous le porche, une silhouette lui barre le passage :

— Attendez, monsieur, je vais vous remettre les clefs...

— Quelles clefs?

— ... de l'appartement de M⁼ᵉ d'Aumont.

Il ne comprend pas. Il se crispe, s'efforce au calme, devant ce regard inquisiteur et malicieux qui le scrute :

— Pourquoi ces clefs? Je vais voir M⁼ᵉ...

— Mais M⁼ᵉ d'Aumont est partie! Elle m'a dit que vous viendriez aujourd'hui samedi; qu'il fallait vous remettre les clefs, que vous occuperiez l'appartement... Ah! j'allais oublier : il y a pour vous une lettre sur la table du salon...

Il n'en a pas écouté plus. Il a bondi dans l'escalier, devant l'homme ahuri. Le voici dans l'appartement. Il appelle : « Magdelaine! » Non! il ne veut pas comprendre; tout ceci est de la fantasmagorie. « Magdelaine! » appelle-t-il encore. Son cri s'étouffe dans les tentures. Il fait de la lumière... Rien. Rien que les vieux meubles qui dorment leur paix séculaire. Et le vide effrayant murmure : « Partie... elle est partie. » Il crie encore : « Magdelaine! » et le vide répond tout bas : « Plus jamais! ... » Et, là, sur la table où elle écrivait, il voit la lettre, encadrée dans l'ordre minutieux des choses; — alors, soudain, sans l'avoir lue, il devine ce qu'elle contient, il comprend enfin! Il fléchit, s'affaisse, et, dans le déchirement de tout son être, il sanglote, il hurle sa douleur au silence qui semble bercer encore l'âme triste de Magdelaine; bientôt, dans la nuit de sa raison anéantie, il ne peut plus que pleurer, il pleure comme un enfant, — il pleure.....

« Pardonnez-moi, Jacques... Pardonnez-moi, cher et pauvre ami... Votre douleur ne saura jamais ce que fut la mienne... Jamais vous ne soupçonnerez ce qu'il m'a fallu de courage... Je laisse entre vos mains mon pitoyable cœur endolori, ma vie... C'était fatal. En quittant le soleil, je savais que ce déchirement m'attendait... Je vous suivais à Paris comme je vous aurais suivi vers tout autre enfer, aveuglément, — puisque j'étais à vous... Tant que j'ai pu, j'ai lutté; je voulais vous aimer aussi longtemps qu'il me serait permis. Ce temps fut court. Le bonheur n'est pas pour moi... Aujourd'hui, je succombe, je dois partir, je le dois... Et mieux vaut tout de suite, puisque je me sens une énergie que je n'aurais plus demain... C'est donc fait : je fuis la vie, par la porte éternelle... Vous me comprendrez lorsque vous aurez lu les pages que depuis un mois je remplis de mon écriture et de mes larmes; — ces pages mêmes sur lesquelles vous m'avez surprise et dans lesquelles vous vouliez trouver une trahison... Enfant! Vous étiez fou. Je vous en suis reconnaissante, puisque c'était d'amour... A présent que me voilà loin, si loin, lisez... Le manuscrit se trouve dans le meuble que vous m'avez vu fouiller parfois, — et dont je laisse la clef sous ces plis. J'y ai joint des papiers testamentaires, qui vous dicteront mes désirs. Exécutez-les, ils sont si simples! Je vous demande de garder mes pauvres vieilles reliques, parce qu'elle m'ont vu souffrir, et surtout parce qu'elles m'ont vu vous aimer... Elles vous feront revivre parfois, — quand le soir tombe, — notre mélancolie, et, puisque vous êtes rêveur, à ces moments peut-être ne sentirez-vous un peu là, prête à vous consoler...

« Je vous supplie, lorsque vous aurez lu, de sacrifier en holocauste ces pénibles lambeaux de mon existence. Vous-même y gagnerez de ne plus retrouver rien de la femme, en gardant à peine le vague souvenir de la passagère rencontrée entre le ciel et l'onde... là-bas...

là-bas... où les horizons s'étendent... Faites que je sois plus tard comme une image de légende dans votre passé d'homme. Nous l'avons dit cent fois, mon malheureux ami : il faut vivre les rêves plutôt que les réalités...

« Ne me pleurez pas trop. En disparaissant je vous rends à votre art... Vous vous devez à lui seul, sans partage... Donnez-vous au monde aussi, dont je vous arrachais en absorbant votre pensée... Sa fréquentation est l'essence de la lutte parisienne. Paris vous en terre quand il ne vous voit plus. Je suis jeune, mais la ville maudite vous fait vivre si rapidement que je ne saurais être mauvaise conseillère. Croyez-moi, j'étais un obstacle aux succès qui vous guettent... Hélas! j'avais tant besoin de votre cœur!... Et puis, qui sait? Peut-être la triste inconnue, dont votre amour a réchauffé l'âme déjà glacée au souffle du Néant, aura-t-elle servi quelque peu votre inspiration : elle était la douleur qui passe...

« Adieu, moi, dans trois jours, je reverrai la petite maison bleue de nos amours naissantes. J'y retrouverai vos traces, j'y vivrai quelques heures encore avec vous, mon aimé. Au moment où vous trouverez ces lignes, j'y serai morte, dans la tendresse de votre chimère. Et ce sera sans doute un des plus heureux instants de ma vie, que celui où je partirai avec cette vision pour suprême pensée : votre gloire prochaine, mon cher grand artiste, cette gloire pour laquelle j'aurai... n'est-ce pas?... fait quelque chose... un rien... en renonçant... en m'arrachant les entrailles... Adieu, Jacques... cher bien aimé... un baiser... Adieu. »

DEUXIÈME ÉPISODE

I

... C'est par un soir tombant de novembre, un soir infiniment triste, infiniment doux que je commence d'écrire, Jacques, ces lignes de misère, qui vous sont destinées. Il tombe du ciel, dans la gaze grise, bientôt noire, une agonie de reflet rose, la vision de sang pâle qui s'éteint dans les crépuscules d'automne. C'est l'heure des trêves : de la rue ne monte qu'un bruit rare, assourdi par une atmosphère qui serait d'ouate. J'entrevois, par ma fenêtre, accoudée sur un balcon, la blanche silhouette d'une jeune fille, estompée dans les poussières nocturnes, qui semble chercher des yeux la première étoile. Et lointaine, la valse poitrinaire d'un orgue d'ambulant m'arrive comme une mélopée illusoire, qui me poigne l'âme...

Je ne sais ce qui me fait rapporter cette impression ambiante à celle qui se dégage pe mon odyssée. Ce calme soudain, tombé sur la ville fiévreuse et violente, est comme la sombre conclusion de mon existence agitée. Chute brusque dans l'insondable, vertige du silence... Toute mon histoire, cette tourmente au milieu de laquelle, tout à l'heure, Paris se convulsait, et cet abattement flou qui, dans l'espace d'un éclair, éploie les ailes du repos sur la lassitude du vide. J'ai le sentiment, très intensif, d'un terme à ma trop longue lutte. Vous, qui avez voyagé, comprendrez cette image; rappelez-vous l'étrange, l'endormante impression de paix qui accompagne l'entrée au port d'un navire après l'interminable fuite trépidante à travers la menace et la puissance des océans. Sans trêve, durant de longs jours, de plus longues nuits, la rage de l'hélice, dans son combat avec la houle, a secoué le bâtiment de chocs et d'ahan, les cheminées ont râlé, l'équipage s'est surmené. A présent, le monstre glisse sans un bruit, sans une secousse, entre des eaux somnolentes; les hommes sont adossés sur le pont, immobiles, dans des poses lasses. J'éprouve cette mollesse. J'entre au port. Car j'ai décidé... Vous saurez bientôt.

II

Je ne vous dirai point encore, — et vous ne saurez jamais, — qui je suis, d'où je viens ni quel individu je fus dans l'organisation étiquetée de notre monde. Que vous importe ? Qu'importe! Vous m'avez connue dans le mystère, aimée dans le mystère; laissez-moi fuir dans le mystère. Je veux simplement vous narrer, Jacques, ce qui pourra donner un caractère à mon impersonnalité; je veux vous dire ma vie en ce qu'elle porte en elle de douleurs humaines, et non vous arrêter à une précision méticuleuse d'inutiles détails. Votre amour invoquait plutôt le symbole que je pourrais être, que l'être défini que je suis. C'est du symbole que je vous ferai la légende, puisque c'est lui seul, au surplus, qui peut émouvoir votre cœur d'amant et votre âme d'artiste.

Dans les brumes du souvenir, je rétablis les grandes lignes d'une enfance bizarre, déjà fatale. Je grandis dans un pays de lumière, où le soleil et l'espace se prodiguent. Une floraison grandiose d'arbres géants, de verdures éclatantes de sève, une immense mer bleue, ombrageuse et tendre, et une pluie d'or, de l'or, de l'or, partout de l'or, voilà ce qui éblouit mes prunelles. Le luxe lascif des colonies, ce luxe de paresses raffinées, inconnu

en France, même des rois, m'entoure et me grise. Des ayas aux yeux de jais préviennent mes moindres mouvements de leurs gestes souples. Des noirs félins, doux, au pas moelleux, me portent, si j'ai vingt pas à faire, et leurs précautions sont telles, leur marche si élastique, qu'en fermant les yeux je pourrais croire que je flotte sur le duvet d'un nuage. Comme une jeune plante, je pousse librement à l'air libre, dans les tièdes aromes d'une nature éblouissante, un ruissellement de vie intense.

Mais, sur ce décor de féerie, une ombre passe.

A l'avant-plan, se détachent trois figures énergiques : une grande femme svelte, admirablement belle, d'une beauté de marbre : profil de camée, grands yeux clairs et durs, front haut et blanc sur lequel d'épais bandeaux noirs, sans un fil d'argent, défiaient la quarantaine imminente. Des sourcils minces, nettement barrés, accentuaient la froideur de ce visage dont les lèvres pincées, soulignées par la cassure trop régulière du menton, achevaient l'expression hautaine, presque méchante. Tante Théa avait le geste menu et sec, le parler rare et tranchant, le mot autoritaire.

Par constraste, mon oncle opposait à cette dureté son indulgente physionomie de bon vieillard, cette figure encadrée de neige, sans angles, avec la clarté d'un sourire et d'un regard bleu dans lequel flottait une latente bienveillance. Il semblait avoir pour mission de faire, de sa douceur, un ressort aux rudesses de sa femme. Il étouffait les phrases roides dans quelques mots de conciliation, il atténuait les interpellations cinglantes par des atermoiements de bonhomie et, à la dérobée, un signe d'intelligence consolateur.

Enfin, le triptyque familial se complétait par une figure de gamin vicieux, sur laquelle se lisaient toutes les faussetés, toutes les cruautés, toutes les traîtrises. La grande joie de « cousin Paul » était de plumer les oiseaux, de battre les noirs à coups de rotin et de me pincer jusqu'au sang, quand on ne le voyait pas. Son père ne l'adorait pas, sa mère l'admirait; moi j'en avais peur...

III

Je sus bientôt pourquoi j'étais là — seulette, — sous le protectorat d'une fausse famille. J'étais orpheline. Mon père, esprit aventureux, hanté par de trop vastes conceptions, était mort, ruiné dans je ne sais quelle expédition lointaine, en quelque pays de folie. Le chagrin avait tué ma mère, peu après. Un conseil patriarcal, aussitôt réuni, avait pris soin des deux petits êtres qui n'avaient pas eu le bonheur de mourir aussi — et dont les langes étaient de deuil... L'un avait trois ans, c'était mon frère, l'autre, deux ans, —

c'était moi. On les expédia — après d'austères délibérations — un peu comme des colis : Lucien fut emporté par un vieux serviteur chez des parents de province; Magdelaine, sur les bras d'une religieuse, fit une longue traversée pour rejoindre, de son côté, des parents adoptifs, — à l'autre bout du monde...

Ceci me fut confié par une servante noire aux soins de laquelle j'étais livrée, et qui s'était prise à m'aimer pour mon isolement même et pour mes souffrances à venir : ces souffrances, elles les pressentait avec ces instincts de sorcellerie et de rêve que l'on voit rôder dans les prunelles illuminées des Indiennes. L'aya ajouta, en mettant dans mes boucles la caresse de ses doigts agiles :

— Mais tu seras la plus belle, enfant! puisque tu es la plus blanche des blanches. Ce qu'aucune peine ne t'enlèvera, c'est ton nom, — et tu as un des plus grands noms de France!...

Vague consolation, qui n'était pas pour mes huit ans! J'eusse échangé toutes les grandeurs pour le moindre baiser maternel; pour une tendresse, j'aurais donné le monde, si le monde m'était apparu. Baisers... ten-

dresses... choses inconnues pour moi, et que j'implorais de je ne savais quoi, du soleil?... du ciel?... de la mer chantante, et si vaste?...

Vous avez déjà compris, Jacques... Je n'oserais dire, — car ce serait inexact — que j'étais le souffre-douleur de la maison. Mon sort était plus grave. Ce qui, de moi, souffrait, ce n'était point le corps, c'était cette chose vague, dont on vit surtout, qui pense, qui veut, qui aime — et qu'on appelle l'âme, dès que l'on sait le sens profond de ce mot plein de trouble.

Ma petite âme d'enfant, excessivement sensible et développée au delà de toutes proportions normales par des tendances au songe et à la contemplation, — ma petite âme d'enfant était affreusement oppressée par l'absence de toute caresse. La froideur qui m'entourait mettait un frein aux élans qui gonflaient ma poitrine. Mon histoire, en toute vérité, n'était que banale; c'était celle — connue hélas! — de tous les orphelins recueillis, que jamais une parole ne berce, que jamais une étreinte n'endort, et dont le cœur délaissé s'anémie dans la pire des solitudes... Ah! oui, la bien banale histoire! Mais elle se compliquait cependant de la précocité presque surnaturelle qui aiguisait ma pensée et mes sensations. Il y avait, dans mon cerveau, un gouffre où s'abîmaient des idées insoupçonnables pour mon âge, et que mon isolement même excitait.

A dix ans, je voulais sonder la profondeur des cieux, et s'y voir révéler les divines images. Mais ces exaltations dangereuses n'étaient, en réalité, qu'un dérivatif créé par ma sentimentalité aux abois, pour désorienter ce besoin d'affection qui m'étouffait. Souvent je m'en rendais compte, et toute ma fièvre intellectuelle s'effondrait alors d-douleur simple, saine, enfantine plus d'inaccessibles énigmes taient, mais la toute puérile et toute triste vision de mon malheur innocent. Je ne recherchais plus quelque surhumaine apparition, mais seulement l'illusion d'un visage souriant et ami, qui me fît bien comprendre qu'il m'aimait bien. Ainsi j'imaginais un retour inespéré, sur terre, de cette mère, de ce père que je n'avais point connus, et qui, certes, m'auraient emportée avec eux seuls pour n'aimer que moi, n'embrasser que moi... Ou bien encore, par les nuits étincelantes, longuement je fouillais, de mes yeux extasiés, l'océan rayé de la nappe lunaire, et c'étaient des visions qui me laissaient haletante, la gorge crispée sur un cri de joie; là-bas... voguant sur la route diamantée, il me semblait voir approcher un vaisseau d'or qui venait pour moi; il m'apportait mon frère, un être du même sang que moi, qui vivait, lui, — je le savais — et que j'adorais, et qui m'adorerait, et qui, bien que tout petit, comme moi, me protégerait à la face de tous... Je tendais les mains, ravie, un sanglot me détendait les nerfs, et, des murmures d'amour aux lèvres, je m'endormais enfin, sous l'ensorcellement d'un astre qui pleurait mes larmes...

IV

Si j'insiste sur cet état de sensibilité maladive qui présida aux heures pénibles de mon enfance, c'est qu'il pesa sur ma vie entière, c'est — je vous le disais en commençant, Jacques — qu'il me fut fatal. Étape par étape de cette aventure douloureusement romanesque, il me sera permis de vous le rappeler comme un thème. Il me poursuivit dans tous mes avatars, il me précipita dans les effroyables abîmes de notre petitesse farouche et conventionnelle. A chaque incident, je le retrouve; je vois en lui la cause première de ma chute, le cicerone sarcastique de mes inlassables douleurs. Ah! bienheureux les indifférents que ne secoue point sans cesse cette bataille acharnée du cœur avec les hasards échelonnés sous nos pas!

Et, chose monstrueuse, non seulement cette acuité de mes fibres affectives servit à tout venant mon destin funeste, mais encore — la suite de mon histoire vous le démontrera — toujours elle fut abominablement interprétée par mon prochain, qui l'analysait à travers la lentille de ses propres vices, de ses propres crimes. Parce que, isolée et sans amour, j'étais assoiffée d'amour — au sens chrétien du mot —; parce que je souffrais de n'avoir pas de soutien, pauvre épave roulée dans le torrent des fatalités, et parce que j'essayais de m'accrocher, ne fût-ce qu'à des chimères qu'exaltait mon âme éperdue; pour cela les anathèmes s'abattirent sur ma faiblesse, les iniquités me traquèrent lâchement! Vous qui m'avez aimée, vous qui m'aimez, mon Jacques, puissiez-vous, en échange de ce baume dont votre cœur pansa le cœur de la délaissée, — ne jamais savoir, ne jamais éprouver tout ce qu'il est d'instincts lâches, d'une cruelle lâcheté, dans notre humanité navrante!

Sous la brûlure de ce grand Orient où la vie se développe vertigineuse, en une surabondance de sang et e sève, je fus vite femme. Mes troubles s'en accrurent. Des vexations nouvelles, du reste, venaient s'ajouter à mon chagrin. L'indifférence rigide de tante Théa, peu à peu, s'était transformée en une hostilité bientôt évidente dont j'ose à peine avouer les misérables motifs; peut-être la pauvre méchante femme les ignorait-elle, elle-même, et ne faisait-elle qu'obéir, très involontairement, à un instinct animal — si je puis dire — qui dépassait sa raison. Cette femme, qui fut éblouissante, et qui avait l'orgueil de sa beauté; cette femme encore superbe, arrivée à la minute suprême de la vie où, presque sans transition, les splendeurs de la veille s'abîment dans la dévastation des lendemains; cette femme, accoutumée à sa propre suprématie, ne pouvait suivre sans un dépit haineux l'éclosion magnificente d'une jeunesse qui ternissait sa maturité. Ma fraîcheur signalait son déclin. Fin de règne qui lui était insupportable. Dans son regard, j'arrêtais de petites flammes mauvaises et des lueurs d'angoisse. Parfois, je la surprenais suivant, de ses yeux fixes, le dessin de ma gorge ou de mes hanches qui s'accusaient avec une fière audace de santé. Désormais, elle ne verrait plus en moi une enfant, mais une rivale! Elle était jalouse des regards qu'elle m'adressait elle-même! Je me remémore avec une stupéfaction toujours nouvelle un mot effrayant qu'elle laissa échapper un jour: pendant quelques mois, une épidémie de variole avait fait, dans la ville, de nombreuses victimes; plusieurs de mes amies de couvent en étaient restées défigurées.

— C'est vraiment curieux, fit tante Théa, que tu n'aies pas été atteinte, alors qu_ tant d'autres le furent!

Et mon intuition me fit deviner aussitôt

l'invraisemblable sentiment que celait cette phrase spontanée. Il se passa en moi une chose indéfinissable, un flot de rancœurs et de découragement me monta à la gorge dans un sanglot, et comme si j'eusse été écrasée par toutes mes nuits sans sommeil, mes nuits de songes tristes et de pleurs, je m'écroulai à genoux, bégayant :

— Oh !... tante Théa ! Tante Théa !...

Elle me prit les mains avec brusquerie, me releva. Une colère grondait en elle, la rage d'avoir été devinée par ma sensibilité aiguë — et mon cri de désespoir l'avait soufffletée. Elle découvrit mon visage baigné de larmes et, la voix altérée :

— Qu'est-ce qui te prend ?... qu'as-tu ?... Voyons, parle... Tu es malheureuse ?

C'était plus fort que moi : je fis « oui » dans un souffle, puis je baissai la tête, réprimant mes sanglots, accablée par mon audace. Une voix sèche cinglait :

— Vraiment ! Ah ! ceci est énorme ! Vraiment, tu es malheureuse ! Et c'est ainsi que tu reconnais les sacrifices que nous nous imposons pour t'élever, alors qu'en somme tu n'es pas notre enfant !

Cette phrase m'atteignit au plus sensible de ma plaie. Je m'abattis à nouveau, déchirée, haletante :

— Ah ! mon Dieu ! mon Dieu ! je le sais trop ! Tante Théa ! Tante Théa, c'est ce qui me tue...

Mon oncle parut, attiré par mes gémissements. Il voulut s'approcher de moi, et je croisai son regard pitoyable, attendri... J'allais me jeter dans ses bras, — mais déjà ma tante lui désignait la porte d'un geste impératif :

— Ne vous inquiétez pas. Décidément, cette enfant a une maladie de nerfs. Il conviendrait de la calmer par un régime sévère !...

Le ton était sans réplique. Le faible vieillard sortit. Ma tante le suivit. La porte se referma d'un heurt brutal. J'entendis s'élever une courte discussion où domina la voix décidée de ma tante. Puis le silence... J'avais compris : celui qui m'eût réconfortée de son amitié, dans ce milieu hostile, celui qui eût pu refermer ma blessure saignante, celui-là n'osait pas m'aimer !

Longtemps je restai fixe, accoudée à la fenêtre. Je ne raisonnais plus. Je sentais seulement mon cœur battre très vite, et des mots me bourdonnaient aux oreilles : « ... Les sacrifices que nous nous imposons !... Tu n'es pas notre enfant !... » Sur mes lèvres aussi errait une phrase sans suite, machinale : « Mon cher petit frère !... Mon cher petit frère !... » A cet instant d'effroyable désespoir, je trouvais une vague consolation à évoquer l'existence, — au loin, très loin, je ne savais où... qu'importe ! — de mon frère inconnu, qui souffrait peut-être des mêmes maux que moi, qui m'appelait aussi sans doute ?...

Les orphelins doivent s'entendre à travers les espaces...

V

Il fut décidé par ma tante que j'étais folle. A son dire, j'avais hérité cela de mon père, qui eût mieux fait de me laisser quelque argent... La famille avait toujours tenu en méfiance et en mépris le rêveur, l'illuminé, qui, au lieu de faire valoir sa haute noblesse dans les salons mondains et les carrefours politiques, avait sacrifié sa fortune en entreprises dont la base humanitaire ne pouvait qu'accentuer la démence.

Le « régime sévère » fut tôt inventé : d'externe que j'étais au couvent, on me fit pensionnaire dans une retraite plus éloignée. Selon toute vraisemblance, tante Théa présumait que l'excès d'attentions dont j'étais l'objet chez elle m'était pernicieux et que plus de rigueur me rendrait à des idées plus sages. J'imagine plutôt que mon départ mettait un terme aux émois intimes qu'elle ne voulait s'avouer : elle n'aurait plus sous les yeux, constamment, l'agaçante image de ma jeunesse lumineuse. Le jour de mon départ, elle faillit me gratifier d'une effusion ; je lus sur sa physionomie un immense soulagement.

L'analyse psychologique de cette portion d'existence étouffée entre quatre murs blancs serait fastidieuse. Déjà vous avez bien assez amplement déduit, Jacques, de mon état spirituel, pour qu'il me soit permis d'enchaîner les faits avec un moindre souci de vous expliquer les tortures morales auxquelles j'étais soumise par eux. Leur affabulation porte en elle quelque chose de si fatidique, du reste, que vous ressentirez vous-même, point par point du récit, ce que je ressentais à le vivre. Puis, mes sentiments ne faisaient qu'obéir à de fort humaines lois, qu'il serait superflu de disséquer. Enfin, je me fais en quelque sorte un cas de conscience de vous exposer ce récit avec plutôt un excès de sobriété, afin de vous en laisser la libre interprétation, pure de toute influence. Je passe donc sur les incidents peu notables de ce sombre internat, où, pendant l'année, pas une seule visite ne vint me rappeler qu'il était, au delà du lourd portail refermé sur moi, quiconque voulant savoir que j'étais de ce monde... Ah! si, pourtant, une fois, on m'appela au parloir. J'y trouvai mon aya... Pauvre fidèle! Elle avait fait deux lieues de marche, en usant auprès des miens (triste ironie des mots) de je ne sais plus quel prétexte. Quand je l'aperçus, mon émotion fut telle que je m'abattis défaillante dans les bras de l'Indienne. Elle me parla peu, n'ayant voulu, disait-elle, que voir « son enfant ». Pourtant elle n'eut garde de ne pas me raconter ceci : le jour de mon départ pour le couvent, ne me voyant pas revenir à l'heure habituelle, le chien de la maison, après avoir marqué une vive inquiétude, s'était enfui et n'avait reparu que quarante-huit heures plus tard, l'oreille basse... Depuis on ne l'entendait plus japper...

Le soir, dans ma couchette, je m'endormis souriante. Il y avait, sur terre, une pauvre fille, à demi-sauvage, et un vieux chien qui, décidément, m'aimaient. Ah! la vie était beaucoup moins sombre! Je rêvai de beaux rêves...

VI

Vint l'époque des vacances. Le couvent avait pris un air de fête, — mais j'avais froid au cœur... N'étais-je pas rompue à cette science : qu'il n'était point d'espoir joyeux pour moi? Par surcroît, un étrange pressentiment m'agitait. Il faut croire aux pressentiments, Jacques...

Je revins résignée comme j'étais partie résignée. Il serait exagéré de dire qu'un accueil chaleureux m'attendait. Je vis seulement briller d'un vif éclat les yeux de mon aya, dont l'humble figure guettait mon arrivée dans un angle obscur de la vérandah. Je surpris aussi, dans les rides du visage de mon oncle, une détente attendrie. Mais le bon vieillard réprima son élan. Un frôlement humide : c'était le vieux chien qui me léchait les doigts... Tandis que cousin Paul me tournait le dos, affectant d'agacer le perroquet, et que ma tante m'auscultait d'un regard inquiet. Tel fut le retour de l'enfant prodigue!

Quelques jours, et j'atteindrai ma quinzième année. A présent, en dépit de la nière de réclusion, anémiante et danger pour ma vigueur, que je venai de su. j'étais vraiment resplendissante. Mon corps, long et souple, s'était décisivement formé; sous mon hâle mat errait une roseur légère; de larges yeux bleus, d'un bleu de turquoise, étonnés et pensifs, dévoraient mon visage; enveloppant mes épaules, d'épaisses nattes blondes ondulaient avec des miroitements de soie. L'expression de ma physionomie attirait par un mélange curieux de vivacité et de lassitude : mes lèvres, plutôt épaisses, d'un rouge duveté de roses rouges, marquaient une fraîcheur saine et naïve de vigoureuse jeunesse, tandis que, sous mes paupières, s'élargissait un cercle alangui, encadrant la profondeur de mes prunelles : bizarre harmonie de songe triste et de jeune inconscience.

Tante Théa reconnut cette métamorphose; elle en conçut un effroi grandissant; à peine voulut-elle puiser quelque consolation dans cette pensée que ma présence autour d'elle serait relativement courte, et que cette méchante saison des vacances prendrait fin trois mois plus tard. Au cours de ces trois mois, cependant, le hasard devait déranger ces calculs, et modifier les choses de façon singulière. Ici se place, Jacques, un premier événement brutal dont tous les heurts diaboliques de ma vie misérable furent les conséquences logiques. C'est assez vous justifier l'importance que je lui accorde malgré son caractère puéril.

Un matin, mon aya, en m'habillant, murmura, sans aucune phrase préparatoire, et avec cette belle candeur des Indiennes fatalistes : « Ne sache rien. Je te confie ce secret : le capitaine a demandé ta main. »

Le « capitaine » était un officier de la marine anglaise, familier de la maison, auquel, jusqu'alors, je n'avais accordé qu'une très vague attention. Le personnage, en effet, n'excitait que l'indifférence : il détonnait dans ce cadre ignicole des choses ambiantes, — ayant toutes les frigidités de sa race, dont il réalisait — par exception — le type convenu. C'était un homme de trente à trente-cinq ans, long, correct, méticuleux; sa sobriété de geste et de parole, son flegme, sa modestie sans artifice, empêchaient qu'on le remarquât. Et c'était dommage. A l'observer j'éprouvai dans la suite — avec cette perception devineresse qui n'appartient qu'aux jeunes filles — que cet homme était loyal et bon, point sot, au demeurant très sympathique. Seulement, il avait la pudeur des Occidentaux, qui répugnent à l'exhibition de leurs qualités ou de leurs défauts, et les dissimulent sous le marbre.

Stupéfaite, je fixai mon aya ; sa confidence me parut si drôle que je ne pus m'empêcher de lui montrer les dents en un franc éclat de rire, — chose notable pour moi, qui ne riais point dix fois l'an ! Mais l'Indienne demeura impassible, soucieuse même, et conclut : « Ne sois point légère, — enfant ! c'est très grave. »

Il n'en fallut pas davantage pour échauder mon accès de gaîté plus nerveux que sincère. J'achevai silencieusement ma toilette, l'esprit au vague, bercé par le fredon mouillé de l'Indienne qui, tout en vaquant autour de moi, mettait dans un souffle les caresses d'un rythme tamoul :

> L'oiseau du Paradis
> Va cacher ses nuances,
> Tout l'or de son plumage,
> L'or et le bleu du ciel,
> Sous l'ombre des grands bois.
>
> Mais il est le plus beau,
> Et le ciel et la mer,
> Et le soleil en feu
> Restent dans son plumage,
> Sous l'ombre des grands bois.

VII

Les jours qui suivirent, j'observai chez tante Théa une acrimonie plus grande. Mais pas un mot ne fut prononcé, relatif à la demande inattendue du capitaine. Ce dernier ne s'était pas départi le moins du monde de son attitude sévère. Par contre, mon attention ayant été arrêtée sur lui par la nouvelle dont mon aya s'était faite la messagère clandestine, j'eus tout le loisir de l'étudier. Comme je vous l'ai dit, je démêlais fort aisément, sous sa sécheresse, une nature sympathique ; il ne put m'échapper davantage que son regard était d'une grande douceur quand il s'adressait à moi : une douceur malaisément définissable, mais qu'on eût pu, cependant, à profond examen, juger mélangée de pitié et de tendresse. Je crois bien que cet homme était pénétrant sous son flegme, et qu'il avait pressenti la situation qui m'était faite et les découragements noirs qui stagnaient sous mon casque blond. Or, il avait du cœur...

Dès lors, je me sentis entraînée, peu à peu, à une sincère amitié pour cet être qui daignait s'occuper de moi. J'appuie sur ces derniers mots : ils contiennent une pensée qui était le point fondamental et absolu de mon sentiment. Seule, délaissée, sans affection, sans espoir d'affection, ce m'était un inexprimable ravissement de songer qu'un homme voulait associer ma vie à la sienne, me donner son cœur, son bras, m'aimer, me défendre, me faire une famille, me mettre au rang des autres humains, — moi ! moi ! l'orpheline, trop fière déjà de posséder l'attachement d'une domestique et d'un chien ! Moi ! qui, depuis que je me savais vivre, n'avais jamais goûté la tiédeur réconfortante d'une phrase tendre !

Je ne sais si vous comprendrez, Jacques, ce que je veux vous dire : c'est la nuance d'une sensation si féminine, — je dirai plus, si jeune fille, — qu'elle se glisse à grand'peine dans un entendement masculin. Il importe cependant que vous compreniez ! Je vous convie donc à méditer sur ce que je vous exprimerai brièvement, sans complexité.

Sous l'influence des pensées que je viens de vous noter, je finis par croire que j'aimais celui qui voulait m'épouser, — confondant, en mon ignorance, l'amitié avec l'amour, ces deux principes sentimentaux absolument différents, mais entre lesquels j'eusse été incapable d'établir la plus minime distinction. Aimer, pour moi, n'avait qu'un sens, et si naïf, — disons le mot, si — ridicule que cela puisse paraître, je n'avais pas le plus lointain soupçon qu'il y eût, par exemple, une nuance de sentiment entre l'affection d'une sœur pour sa sœur, et celle d'une femme pour son mari. Affirmation toute invraisemblable dans l'état des mœurs européennes, assurément, mais, au contraire, essentiellement caractéristique des mœurs créoles qui laissent à la jeune fille, jusqu'au mariage — ou à la chute ! — une intégrité, une ignorance, dont on devine le danger...

VIII

Or, une après-midi, après la sieste accoutumée, tante Théa entra dans ma chambre. Elle me prit les mains, m'attira près d'elle, sur un large siège, et se mit à me parler avec une telle douceur que j'en fus décontenancée :

— Mon enfant, nous avons à causer de choses très graves, dont ton avenir peut dépendre. Et tu sais comme je m'en soucie...

Elle prononça ces mots sans nulle ironie,

avec une surprenante décision... Son regard avait une couleur tendre, que je ne lui connaissais pas. Tout en elle s'était transformé, et ses mouvements, et ses intonations de voix, et ses formes d'expression... Était-ce bien tante Théa qui m'interpellait ainsi? Mon trouble grandissait, je balbutiais machinalement des syllabes inintelligibles...

— Je te prie d'être toute sincère, ma chère enfant, et de m'ouvrir ton cœur sans crainte. Car, de ce que tu vas me dire, dépend une décision que je prendrai tout à l'heure avec ton oncle, et dont l'influence sera grande sur ta vie... Parle-moi donc bien franchement, sans détours... Et évitons d'inutiles atermoiements. Aimes-tu M. X...?

Cette brusque interrogation, loin de m'effrayer, fit passer devant mes yeux un éblouissement. Je venais de comprendre la démarche de ma tante : elle voulait me consulter pour donner une suite immédiate et sage à la demande du capitaine. En une seconde, il se fit en moi un revirement foudroyant : ah! j'avais toujours mal jugé ma tante... Je m'étais trompée, j'avais menti, j'étais folle! Tante Théa m'aimait, tante Théa voulait mon bonheur! Dans ma pauvre âme meurtrie, cette révélation soudaine jeta un formidable désarroi. J'eus un mouvement d'animal blessé, j'écrasai mon visage sur la poitrine de ma tante. Elle me pressa les mains, doucement, insista :

— Parle sans crainte, parle...

La phrase revint :

— Aimes-tu monsieur X...?

— Oh! oui! fis-je de tout mon émoi, de toute ma reconnaissance, de toute ma force.

Il y eut un silence. Ma tante ne bougeait pas. Et, ravie, soulagée, défaillante de douce joie, envahie d'une quiétude ineffable, je restais là, les yeux clos, sur cette gorge dont le battement m'était comme une caresse... Il me semblait entendre à nouveau l'interrogation... Je répétais :

— Oh! oui... Oh! oui, tante Théa!...

— Ah! la malheureuse!... la malheureuse!

Une poussée brutale me rejeta en arrière, sur le dossier de jonc. Étourdie, j'écarquillai les yeux... Je ne percevais plus rien, je ne comprenais plus rien, — un mauvais rêve me heurtait sans doute?

Debout devant moi, tante Théa me fixait d'un regard haineux que jamais, jamais, je n'oublierai!... Et elle répétait, avec un accent d'indicible mépris, de sourde colère :

— La malheureuse!... Ah! la malheureuse!

Je tendis les bras, épouvantée, balbutiant :

— Tante Théa!... Ciel! Tante Théa!.. qu'ai-je fait!

Mais déjà elle avait bondi vers la porte, qu'elle ouvrit d'une poussée rageuse :

— Elle a avoué!... la malheureuse! elle a avoué! Elle avoue, cyniquement!...

— Qu'avoue-t-elle donc?

Dressé dans l'encadrement du chambranle et pâle, plus pâle que sa chevelure de neige, mon oncle braquait sur sa femme un regard d'une effrayante fixité. Il semblait plus grand, le torse roidi : sa physionomie était méconnaissable, durcie par une expression de volonté froide. Transformation si brusque, si insoupçonnable, que tante Théa le contemplait sans mot dire, les lèvres figées...

Il fit un pas, désigna l'huis béant :

— J'étais là... j'ai entendu, j'ai entendu ce que vous demandiez... j'ai entendu ce qu'on vous a répondu... j'ai entendu, mot à mot, comprenez bien cela... mot à mot!...

Il parlait d'une voix lente, d'une voix sûre, imperceptiblement altérée. Adossée au mur, suffoquée de colère et d'étonnement, tante Théa le toisa!

— Alors?..

Il vint à moi.

— Alors, dit-il, avec la même assurance, alors, décidément, il faut que je prenne cette enfant-là sous ma protection!...

Un cri lui répondit, cri de rage, de douleur, inexprimable! Tante Théa était sortie, affolée...

C'en était trop pour le pauvre vieillard. Vaincu par son effort, il baissa la tête, sortit lentement à son tour sans même me dire un mot... Prostrée, inconsciente, je regardais le sol. Il y avait là, sous mes tempes, un grand vide, — un grand vide, et je n'existais plus...

IX

Ici, ma mémoire défaille, mon souvenir se diffuse, s'embrume. Vaguement, très vaguement, j'évoque plusieurs jours de prostration passés, comme en rêve, dans ma chambre nue où le soleil, s'irruant par les larges baies découvertes, fixe sa brulûre... Autour de moi, le silence... Les bruits du ciel me parviennent seuls, et la romance de l'Inde, la romance des oiseaux, la romance de l'espace, la romance de la mer... Mais la maison dort. Pas une voix humaine, pas une phrase, pas un mot! Seulement, de loin en loin, une apparition de mon aya qui me sert mes repas. Sans mot dire, car sans doute, elle est épiée... Mais ses yeux me parlent, me disent leur farouche tendresse ; une fois, elle tend le poing vers la porte noyée de pénombre... A d'autres instants, vite... vite! elle me frôle d'une caresse... Quant à ses lèvres, elles sont figées...

Que m'importe! Quelque chose de mon âme s'est anéanti brusquement, tel un jeu d'horlogerie dont un ressort se serait rompu. J'ignore. Les heures glissent sur mon insensibilité, qui regarde sans voir, qui, désormais, ne jouit ni ne souffre.

La poussière du passé — aujourd'hui que je fais un effort pour me ressouvenir — étouffe, du reste, cette inconscience. Quelque obstination que je mette à vouloir dessiner ces instants de sommeil, ils demeurent lettre close. Ce n'est qu'une ombre. J'ai dormi. Et le réveil est étrange!...

.   .   .   .

En mer... Le navire fend la grande houle. Mon regard effaré, dont les pleurs sont taris, se perd — où qu'il se tourne, — dans la menace des abîmes. L'eau gronde, le ciel flotte, — et je ne vois, je ne comprends, que l'eau qui gronde, le ciel qui flotte... Mais je ne suis plus en songe, je revis, — puisque à présent je me rappelle! Ma pensée se ranime, si bien que du brouillard d'hier s'érigent même quelques détails précis :

De la maison maudite, je n'ai revu personne que ma pauvre servante, l'animal fidèle qui ne m'a point quittée jusqu'à la seconde suprême de l'adieu, et qui ne pouvait que me répéter, en son halètement, cette phrase sublime, cette phrase de poème, la fleur de son cœur surgissant de ses lèvres : « Te voilà morte pour moi... mais je ne cesserai de t'aimer. » Oh! l'âme divine de la nature, l'âme simple des barbares et des bêtes!

Puis, ce tableau déchirant : le rivage lentement se retire, dans la majesté de sa floraison puissante. Un grouillis, où je ne distingue qu'un être, l'être aimant, l'être aimé, — le seul! l'humble noire dont les prunelles hallucinées dévorent l'espace de leur fièvre, et qui demeure fixe, les bras tendus vers moi,

en statue de cuivre. Et, entre elle moi, entre cette terre où elle se dresse et cette épave qui m'entraîne, le lac s'élargit... s'élargit... de seconde en seconde... Et l'image du fond se décolore, s'efface, se volatilise dans le mys-

tère des horizons, comme une réminiscence fugace de mauvais songe... Et je suis toujours là, en brute fascinée par ce lointain qui n'est plus qu'une nuée dans la transparence céleste!...

Ma main reste crispée sur la servante m'a glissée à l'

me quitter... Plus tard, quand j'ai repris conscience, j'ai lu, sous la nuit claire :

« A mon âge, l'énergie s'en va, les luttes de toute la vie — qui n'est faite que de luttes — vous ont décidément maté. Quelque amour que je te porte, — et tu as dû le deviner, — je n'ai point le courage de transformer en enfer ce peu de jours qu'il me reste à chauffer au soleil mon échine lasse. Je ne suis plus de taille à lutter contre les volontés de ta tante, dont l'âme est d'acier... à tous points de vue. Songes-y ; je ne suis plus guère que l'enfant que tu es toi-même. Nos faiblesses coalisées eussent été vaines...

« On a décidé que tu partirais. A l'heure où tu liras cette page, tu seras loin déjà. Au fond, tant mieux ! Le bonheur n'était désormais pas ici, pour toi...

« Je veux que tu me comprennes... Je veux que tu me pardonnes d'être sans force... Je veux que tu n'emportes point de moi un souvenir de haine... Je veux que tu te persuades de ceci : qu'en mon cœur il y avait, pour toi, les plus aimants sentiments d'un père, et que je te l'eusse prouvé, s'il m'eût été permis.

« Adieu, mon enfant. Va droit dans la vie, ne te décourage jamais... Dans la plus noire des nuits, il est toujours une étoile. Et, comme je t'aimais, mieux encore s'il est possible, d'autres t'aimeront, — et ces heureux pourront au moins te le prouver et te le dire !

« Puisqu'il m'est interdit de te revoir, puisque je suis lâche, je mets ici mon baiser d'adieu, plus fort que mes larmes. Je te l'ai dit, il me reste peu de temps à voir les fleurs et les tristesses de ce monde... Mais ne l'oublie point ; à la minute dernière, où ma pauvre vieille tête sera impuissante à reconnaître ce qui m'entoure, elle te retrouvera, toi, ma petite Magdelaine. »

. . . .

Ces lignes gonflées de bonté, ces lignes d'amour, m'avaient rendue à la réalité. La nuit s'approfondissait : je regardai la nuit. J'y vis l'allégorie de mon avenir : c'était ainsi, à travers le gouffre et les ténèbres, vers aucune joie, en marche dans l'ombre des souffrances, que dévalerait ma vie esseulée, au hasard effroyable de l'inconnu. Mon corps se laissa choir sous l'énorme poids de cette prophétie, je tombai à genoux, et tout mon effroi, tout mon désespoir de frêle délaissée me vinrent aux lèvres dans ces mots balbutiés :

— Que me reste-t-il !... Que me reste-t-il !...

... Une voix douce, une voix de jeune fille, aux inflexions câlines, venues de loin, comme un souffle d'ange, murmura près de moi :

— Dieu, mon enfant...

X

... Debout, ouatée de ténèbres dans son vêtement symbolique, la religieuse qui m'accompagnait baissait les yeux vers ma douleur. Jusque-là, elle s'était tenue si discrètement à l'écart que je l'avais à peine entr'aperçue, au départ, puis totalement oubliée... L'impression d'un deuil escortant mon deuil, c'était tout ce que j'avais éprouvé de sa présence à mes côtés. Et, pour la première fois, elle venait de se trahir :

— Dieu, mon enfant !...

Surprise dans la pudeur de mon chagrin, étonnée aussi, et caressée par le timbre de cette voix lointaine, par l'harmonie du mot qu'elle murmurait, je levai le front. Une clarté jaune, fuyant par une écoutille, faisait rayonner autour de la sœur l'indécision d'une orbe lumineuse : je la dévisageai...

C'était une toute jeune fille, un enfant presque, merveilleusement belle, de cette idéale beauté des souffrants résignés, cette beauté inspirée des compatissants qui voient la vie des hauteurs divines, et auxquels le renoncement met au front une pâleur de majesté hautaine. Dans la lumière mourante, je distinguais l'infinie douceur de son regard qui m'enveloppait de pitié. Et je subissais de ce regard une influence magnétique, comme s'il m'eût coulé dans les veines le fluide mystérieux d'une âme guérisseuse ; un bercement étrange, un baume consolateur, une infusion de tendresse endormante qui me mettait, dans tout l'être, le frisson délicieux des prochains assoupissements.

Elle me tendit les mains, me releva, m'assit près d'elle, sur un large siège de toile, et m'entourant de ces soins menus à peine tactiles, dont la délicatesse des femmes seule à le secret, elle balbutiait lentement des paroles réconfortantes et puériles, de ces phrases minutieuses et simples, qui sont comme un chant de sommeil, que les mères prononcent devant les berceaux. Puis, quand elle me vit bien rassérénée, distraite de mon chagrin, peu à peu la femme s'effaça devant la prêtresse. Sa pensée prit forme, s'éleva, se livra toute à l'illusion dominante; elle évoquait, à présent, les grandeurs de la Foi où réside, après tous les effondrements terrestres, le rédempteur oubli de vivre; sur ces jeunes lèvres, à jamais innocentes de la vie, couraient les théories majestueuses de la légende sacrée, l'exquise fable des cieux d'amour, la sanction paradisiaque de nos sacrifices expiatoires, l'éternel repos peuplé d'anges. Cette philosophie de miracle s'accordait trop à mes naufrages, s'offrait trop à mes meurtrissures comme l'espoir géant de la Terre promise pour que je n'écoutasse point ces magnifiques chimères ainsi qu'une musique aux rythmes divins. Et, je ne bougeais plus, frissonnante en la gloire d'un sourire.

Je m'endormis à l'aube naissante, sans avoir desserré les lèvres, le front vers le ciel, caressé d'aurore, — et, dans un songe de lumière, j'entendais toujours la voix berceuse, et la romance sainte...

XI

Cette nuit d'apaisement étrange décida toute une phase psychologique de mon adolescence. Quand je m'éveillai, une sérénité inattendue m'avait imprégnée. Rien ne semblait m'être resté des désarrois torturants de la veille. C'était comme si mes ténèbres s'étaient déchirées, entr'ouvrant une ère de magie, m'éblouissant d'une évangélique vision, si intense, si splendide, qu'elle noyait de ses ondes lumineuses la douleur des heures passées. Sœur Irène était toujours là, et je vis tout d'abord ses yeux de fée, et ces prunelles de caresse que j'avais, hier, pressenties dans l'ombre, au plus fort de mon désespoir. Elle paraissait n'avoir point bougé de place, et sans doute avais-je dormi sous le rêve de ce regard tendre, triomphant de la mission accomplie, dont toute la joie était le bonheur des autres. Ah ! je ne me sentais plus seule à présent ! Après de vagues luttes — que je ne savais plus !... que je ne saurais plus !... — j'entrais dans la vie par la porte rayonnante des illusions mystiques ; et toute une famille, cette nuit, sous les étoiles, m'était née miraculeusement, la famille qui n'a point d'ingrats, la famille d'après cette terre inutile, l'invisible famille des prières, au

flanc protecteur, qui vous attend pour vous réchauffer en sa maternité sublime. Et, près de moi, là, — un être vivant incarnait mon illusion, lui donnait une forme tangible pour seconder et fortifier ma foi ! D'un mouvement instinctif, je me blottis dans les bras de la religieuse, enveloppai mon front dans la tiédeur de son sein, comme pour y enfouir, y préserver, y dissimuler en avare le secret même du mythe adorable et précieux.

XII

Me voici en France, sous cette impression. Le couvent où je suis recluse n'est guère comme les couvents de l'Inde où je vécus mon enfance. J'y trouve à la fois moins de recueillement et moins de vie. Je soupçonne autour de moi des frivolités étranges qui m'effarouchent. Mais, toute à mon grand Espoir, je m'absente trop des choses extérieures pour souffrir de mon changement de vie et des coutumes nouvelles qui s'agitent à mes côtés. Je vivrai désormais l'Éternel — et c'est pour l'Éternel que je vivrai.

La tendresse de sœur Irène, à qui, pendant la traversée, j'ai narré mes alarmes et dévoilé le secret de ma tristesse, — la tendresse constante et attentive de sœur Irène me grise d'idéal. Je suis heureuse ! heureuse ! heureuse ! et il me prend des désirs fous de le clamer au monde. Par un phénomène surnaturel, j'en suis arrivée à n'avoir plus notion de tout ce qui est matière et, les yeux fixés sur mon rêve, je flotte dans un domaine imaginatif qui m'arrache à toute préoccupation d'existence brutale. La réaction est inévitable. Et bientôt ma fièvre mystique s'exalte à ce point qu'elle frôle la folle rédemptrice... Tout le temps de loisir que m'accorde la règle du couvent, je le passe dans l'ombre de la chapelle, dans l'adoration affolée des images saintes. Je m'enivre de mes prières, mon cœur se pâme d'un amour effréné pour les êtres de bonté, de pureté, d'illusion, qui nous aiment par delà les vanités des mondes. Parfois ils me parlent... distinctement... dans le silence frissonnant de l'église... Et j'emporte alors, jalousement, dans l'hermétique châsse de mon âme, — le mystère adulé de ses révélations. Mes amies de classe me parlent en vain ; je n'entends point, je ne puis répondre. Comment frayer avec ces poupées innocentes quand les anges m'ont chanté leur cantique ?

A présent, je désire, je veux les mortifications qui créent les saintes. On m'a parlé des Carmélites, des tortures physiques qu'elles s'imposent, de leur surhumain renoncement aux moindres mensonges d'ici-bas. Et c'est le sort que j'appelle, avec une ardeur frénétique... Et il faut, de temps en temps, la douce parole de sœur Irène pour me calmer un peu, me rappeler que notre terre existe, et qu'hélas ! je suis de cette terre !

XIII

... Un matin, je m'éveillai dans un lit de l'infirmerie. J'y étais couchée, paraît-il, depuis plusieurs semaines. On m'avait ramassée, un soir, dans le chœur de la Vierge, étendue roide sur les dalles grises de la chapelle ; le corps cataleptique, les yeux largement ouverts, fixant d'une lueur morte le ciel, — atteinte d'un mal étrange. De longs jours, j'avais déliré, balbutiant d'ardentes invocations au ciel, des prières extravagantes, des phrases d'amour passionnées à la divinité.

Je promenai autour de moi un regard d'étonnement épouvanté. La maladie m'avait abîmée aux fins fonds de l'inconscience. Je ne savais plus où j'étais, d'où je venais, — ce qui m'était arrivé... Ni l'Inde... ni ma tante... ni la mer... ni le couvent... Rien ! Une stupeur effrayante m'empêchait, en dépit de douloureux efforts, de ressaisir la moindre bribe du passé. Mais mon œil hagard s'arrêta sur la silhouette d'une sœur infirmière qui s'avançait vers moi, et, toujours inconsciente, je murmurai : « Sœur Irène... »

— Chut ! fit l'infirmière. Sœur Irène va paraître, mon enfant. C'est l'heure où elle vient vous voir. Mais ne parlez point... Je ne puis vous laisser parler... Chut !...

J'obéis, sans raisonnement. Je ne savais toujours point... Seul, ce nom me revenait, que mes lèvres psalmodiaient dans un souffle : « Sœur Irène... » L'infirmière s'était éloignée à nouveau, et vaquait silencieusement à de menus soins dans la grande salle blanche où fluait une ombre de soleil mutin. Et soudain, je me redressai, tendant les bras... La porte du fond s'était ouverte, sans bruit ; Sœur Irène glissait vers moi, souriante, et cette lueur — oh ! cette lueur de ciel de ses yeux purs ! — me ranimait de sa maternelle caresse. Ce fut un éclair, la brusque rupture d'un nuage d'encre : la vue de sœur Irène

m'avait rendu le souvenir ! Mais rien ne m'importait, — rien qu'elle, la douce créature qui m'avait soutenue et bercée dans le déchirement le plus atroce de ma vie d'enfant, à la minute où on me livrait à l'inconnu, où je m'effondrais sous l'effroi du vide. Sœur Irène, ma sœur, mon amie, ma mère, tout ce que j'aimais sur terre à part cette pauvre aya, si loin maintenant !...

Elle traversa lentement la chambre, vint à mon chevet, prit mes mains et resta longtemps sans mot dire ; son regard était chargé d'une bizarre expression de tendresse attristée. Enfin, elle essaya de plaisanter :

— Alors, vous voilà donc guérie, petite méchante !... vous m'avez inquiétée.

— J'ai donc été bien malade, ma sœur ?...

— Non... non... fit-elle en dominant son embarras... mais assez cependant pour que l'on soit obligé de prévenir vos parents...

— Mes parents dans l'Inde ?

Elle sourit :

— Oh ! non... Ils sont trop éloignés, désormais, ceux-là... Vos parents d'ici.

Je demeurai, stupéfaite :

— J'ai donc des parents ici !... en France !

— Vous l'ignoriez ? dit sœur Irène, avec un accent singulier.

Et je surpris, une fois encore, ce voile de tristesse qui embrumait ses prunelles claires.

J'eus un hochement de tête las. Elle poursuivait :

— Vous l'ignoriez ! Ils semblent cependant avoir sur vous des droits de tutelle incontestables... C'est ce qui les a autorisés à prendre, à la suite de votre maladie, une décision...

Elle hésita :

— Une décision...

Je la regardai fixement, je pressentais une nouvelle douleur. Oh ! je pressentais !... Mon cœur était étreint par un étau, mes lèvres sèches. J'insistai :

— Quelle décision ?... Quelle...

— Écoutez — dit brusquement sœur Irène — vous avez besoin, aujourd'hui, de repos, de beaucoup de repos... Nous avons trop conversé déjà. Je vous dirai cela demain.

— Oh ! non ! suppliai-je. Dites... Dites !... c'est grave ?... Qu'est-ce ?...

— ... Enfant ! C'est insignifiant !... Vous verrez... Demain ! fit-elle sur un ton brusquement décidé, et sans réplique. Du reste, je suis forcée de m'éloigner.

Elle fit trois pas, puis, se ravisant :

... J'allais oublier... La supérieure m'a
.orisée à vous remettre ceci...

Elle me tendit un papier, que je pris machinalement, sans voir, — tandis qu'elle
s'éloignait, la tête basse. Quand la porte se
fut refermée, je baissai les yeux : sur l'enveloppe, une grosse écriture inexpérimentée,
des lettres énormes, enfantines, une suscription grossière et maladroite. Mais j'avais re-
connu.... compris... Mon aya! C'était un mot
de ma servante noire. A force de ruse, elle
avait dû surprendre l'adresse du couvent, en
parlant à ma tante : puis, selon la coutume
indienne, elle avait dû consulter le noir
lettré de la ville indigène, se faire faire une
copie, et enfin, par un prodige de patience,
retracer de sa propre main les caractères qui
lui servaient de modèle!

La lettre était courte :

« Souviens-toi de ton chien qui t'aime. »
« Ton humble servante:
« Isle. »

Et, tremblante, je baisai comme une relique ce pauvre morceau de papier qui m'apportait, de si loin! une âme de fidélité... un lys!

XIV

Durant une longue semaine, sœur Irène,
qui, tous les matins, venait me distraire un
peu des lassitudes de la convalescence, éluda
mes questions inquiètes. Sans cesse elle me
promettait pour le lendemain de satisfaire
ma curiosité, de me parler de cela... Enfin,
me voyant rétablie, sans danger de rechute,
elle se décida, après un effort :

— Eh bien!... voici... vous... vous allez
nous quitter...

Comment aurais-je compris ? J'eus un
simple étonnement, une phrase incrédule.
Pouvais-je admettre soudain ce qui me semblait une impossibilité absolue? Le mot, si
net, si explicite cependant, de mon interlocutrice, ne pouvait avoir un écho dans mon esprit
si loin d'une préparation à ce que ce mot
exprimait.

— Je vais vous quitter... Vous quitter ?...
Comment pourrais-je vous quitter ?... Pourquoi ?... Où irais-je ?... Que ferais-je ?...

Mais, en parlant, un commencement de
lucidité me venait, cette appréhension presque physique qui prévient les chocs moraux,
— et je sentais mon front devenir humide et
froid, une crispation me saisir la gorge, et
ma voix tremblait en répétant:

— Que ferais-je ?

— On prendra soin de vous, murmura
mon amie.

Je ne la quittais pas des yeux; un mot
étrangla ma gorge :

— Qui ?

— Les parents dont je vous ai parlé.

Je ne voulais pas comprendre. Je répétais
comme une machine :

— Les parents dont vous m'avez parlé...
Ah ? vraiment... Les parents dont vous
m'avez parlé...

Sœur Irène hochait la tête, toujours hé-
sitante, envahie d'un grand trouble. Elle
sembla méditer un court instant sur ce qu'elle
allait me dire, et, soudain raffermie, me
parlant comme elle eût exécuté un devoir,
avec une lenteur sûre :

— Oui... comprenez-moi bien. Vous avez
ici, dans la ville même, des parents... peu
directs assurément, mais auxquels vos tu-
teurs ont confié régulièrement le soin de
vous diriger. Des instructions formelles ont
été laissées à notre Mère, à cet égard. Ins-
truits de votre maladie, ils ont décidé de
vous retirer du couvent aussitôt que vous
seriez rétablie. Je souhaite, mon enfant — et
la voix de la sœur Irène se fit plus lente
encore, et cette nuance de tristesse profonde
l'altéra de nouveau — je souhaite que vous
soyez heureuse parmi eux... Mais, hélas! au
fond de moi-même je déplore qu'on vous
enlève à nous... J'ai peur... — faut-il vous
le dire ? — j'ai peur que vous ne soyez point
faite pour la vie... Vous avez trop de cœur...
Vous êtes trop sensible... Avec ces qualités-
là, on traverse l'existence comme un enfer!...
Veuille Dieu que je me trompe !

Je criai, littéralement :

— Oh! oui! oui! oui! vous avez raison...
Je souffrirai trop! Madame! madame! gardez-moi de grâce! gardez-moi!

J'étouffais. Elle se leva, violemment
émue :

— Hélas! si je le pouvais!..

Et, levant la main en un geste hiératique:

— Notre volonté n'est rien. Il faut obéir à
l'Autre...

Ses cils se mouillaient, elle ne pouvait
plus parler. Elle me quitta brusquement, se
mit à fuir vers la porte, à l'autre bout de
salle. L'huis retomba. Plus rien... Le pla
fond blanc, vers lequel s'hallucinait mon
regard.

... Alors, cette trêve était fausse!... Mensonges, ces jours d'oubli, dans l'extase religieuse, l'amour immense qui fait tout dis-

paraître de nos peines, de nous-mêmes ? Éphémères et fausses, ces heures de repos et de béatitude avec, devant soi, le grand espoir, vrai but de la vie, — ces heures sans heurts, sans soucis de lendemains problématiques et meurtriers ? Mensonge aussi, cette famille que je m'étais créée, cette famille de mirage, toute cloîtrée en mon âme, puisant sa bonté dans la bonté même que je pouvais avoir !... Mensonges, tout cela, mensonges ! On m'en arrachait à nouveau, et j'allais être rejetée à l'espace ! Des inconnus ressaisissaient l'orpheline, le flot noir se renvoyait l'épave. Et la macabre suite des douleurs humaines, des froissements, des désillusions, des peines, des meurtrissures, reprenait son éternel défilé, dans le deuil des lointains !...

— Mon enfant, voyons, qu'avez-vous ?... Qu'avez-vous ?... s'empressait l'infirmière effarée.

Je venais d'éclater d'un grand rire, un rire strident, un hideux rire de folle...

Mais je n'étais point folle, — vous le devinez, Jacques, — je ne pouvais être folle, puisque c'eût été le repos...

XV

J'ai quitté le couvent, déchirée... Depuis un mois déjà, je suis au milieu de ces inconnus, qui me sont indifférents et dont la méfiance me pèse. Aidée des indiscrétions de sœur Irène, j'ai deviné : ces gens me touchent le moins possible et ne me sont apparentés que très, très lointainement ; on m'a confiée à eux simplement parce qu'ils étaient là, dans la ville même : peut-être aussi se mêle-t-il à ces choses que j'ignore — et qu'il me faut passivement subir, — des fusions d'intérêts, des calculs... Il convient, évidemment, que je coûte le moins cher possible à ceux qui ont ma charge... Point d'autre motif à ma présence dans ce milieu où l'on n'est pas près de me traiter «comme l'enfant de la maison » Dieu merci !

La maîtresse de céans, — elle s'intitule ma tante, et j'ai grand'peine à l'appeler madame, — est une femme âgée déjà, qui dissimule malaisément sa nature acariâtre et son caractère mesquin. Son mari l'a épousée pendant son veuvage : il a dix ans de moins qu'elle, assez l'aspect d'un clergyman, et de petits yeux perçants qui me fixent avec d'étranges lueurs. Ce regard m'est odieux, insupportable, — je ne sais pourquoi. En-

fin, ma nouvelle famille est complétée par deux jeunes filles d'âge indéfinissable (elles sont issues du premier mariage de « ma tante »), que le souci de trouver un introuvable époux a rendues si fielleuses que je les crains... En leurs yeux je retrouve sans cesse cet éclat sauvage, ce courant de haine, qui gisait dans les prunelles de tante Théa quand elle me contemplait. Mais tante Théa était belle ; au moins prouvait-elle qu'elle l'avait été. Tandis que mes sœurs d'occasion joignent à leur méchanceté une laideur antipathique qui l'aggrave encore, et qui m'en fait, malgré moi, des objets de répulsion instinctive.

Au milieu d'eux, je demeure farouche, ne parlant guère, recherchant la solitude, trouvant une consolation dans mon amertume même. Je me couche sur les débris de mon rêve écroulé, et, puisque Dieu n'a pas voulu de moi, souvent je nie Dieu... Puis le sacrilège me terrifie, je m'épouvante, et je pleure. On me trouve en larmes, et l'on raille mes larmes. On répète à loisir que je suis « désagréable » — « insupportable » — voire plus nettement « mauvaise », — et, pour me corriger de tant de défauts, on me met en butte à mille tracas ingénieux que je subis avec une résignation décidée. C'est, plus gravement, ma vie chez tante Théa qui recommence, mais avec un surcroît de raffinements, et le poids accru de mes lassitudes, la désillusion lancinante des joies d'hier, aujourd'hui perdues, l'horreur insurmontable des gens qui m'entourent.

Seul, mon oncle improvisé me parle — quand il est sans témoins — avec une douceur qui — bizarre chose — me crispe davantage. Cet homme est cauteleux, il rôde autour de moi sous des prétextes sans cesse renouvelés, trouve les raisons les plus diverses pour m'apparaître soudain chaque fois que je suis seule. Et je suis hantée — oh ! effroyablement hantée — par son regard indéfinissable qui fouille mes prunelles, à la dérobée... J'ai peur... — oui, peur ! De quoi ? Pourquoi ? Je ne sais, j'ai peur !...

Il emploie, pour me parler, des phrases dont le tour affectueux me suggère une inexprimable sensation de recul, cet effroi physique et moral plus fort que notre volonté, qui nous glace en présence d'une bête venimeuse. Et tout cela n'a pas de cause immédiate, point de raison plausible. Je ne pourrais expliquer... mon instinct, un impérieux instinct parle seul ! Alors, par des prodiges d'adresse, en appelant au hasard, et exploitant les moments propices, je m'éloigne, me cache, me terre comme un animal blessé, pour échapper à l'abominable suggestion qui me poursuit sans trêve...

XVI

Parmi ces alarmes dissimulées, qui s'affabulaient dans le secret de mon être, un événement se présenta comme un armistice. Nous allions atteindre le milieu de l'été. A cette époque, chaque année, mes prétendus parents villégiaturaient dans une petite villa qu'ils possédaient sur le littoral du Var, au bord de la mer. Là, je pourrais m'isoler complètement, revivre mes pages d'enfance, les longues songeries devant le lac bleu, la volupté du large, la cantilène enveloppante du flot qui se module en la féérie des nuits.

C'était une petite anse abritée, de tous côtés, par des montagnes de roches coiffées de forêts qui toisonnaient leurs flancs et couronnaient leurs cimes d'une épaisse chevelure verte. Même les jours d'agitation au large, la mer venait s'y mourir avec un petit râle doux, dont le bercement montait sans trêve, comme un léger refrain d'espace, vers la crête moutonnée des collines noyées d'azur. Au couchant, à l'aube, ou par les nuits de lune, la baie, avec son décor boisé où se jouaient des lumières roses, blêmes, dorées ou d'argent, des lumières décomposées par le filtre vert clair des pins et l'ombre colorée des sous-bois, aux heures d'éveil ou de sommeil de la nature, la baie évoquait absolument quelqu'un de ces fastueux paysages que créait l'inspiration fantastique de Gustave Doré. En ce coin de nature, léché par une houle pacifique, demeurait une paix hautaine, stagnait un calme troublant. J'y écoulai, dès mon arrivée, des heures de contemplation délicieuse; il y avait une étroite intimité, un mariage émouvant, entre cette sérénité profonde et l'essor de ma rêverie attristée.

Point de monde, pas une tache d'humanité sous cette pureté de ciel. Trois villas dont la nôtre : l'une n'était pas occupée lorsque nous

nous installâmes; l'autre, très voisine, était habitée par une jeune femme russe et son mari, des « originaux », disaient les gens de la contrée. Immensément riches, ajoutaientils. L'homme, vieux, inerte, était retraité de hautes fonctions diplomatiques. La jeune femme, que j'aperçus dans le parc entourant la propriété, le lendemain même de notre installation, réalisait le type le plus pur de la Slave dégénérée. Étrange créature au physique, comme je devais le reconnaître bientôt; — au moral. Mince, frêle, la chair diaphane, elle avait un long visage blême et fin,

des yeux énormes d'un bleu délayé, dans lesquels semblaient se réfléchir les doutes de la mer et du ciel, le caprice des lumières et des ombres lointaines; ses paupières étaient frangées de longs cils noirs de jais, lutinés par un reflet de satin; son front barré de sourcils rejoints, si réguliers qu'on les eût crus dessinés; ses lèvres coupantes et sanguines. A observer cette physionomie pensive, on y soupçonnait le mystère dans tous ses dédales : il s'y trahissait, tour à tour, par expressions fugaces comme les nuées célestes, de la souffrance, de la bonté, une nuance de sauvagerie cruelle et de songe voluptueux. Elle donnait, au demeurant une troublante appréhension d'énigme...

Je la connus peu de jours après sa première apparition, et dans des circonstances
d'une charmante simplicité. J'étais seule à
la villa dont les hôtes, partis pour quelque
excursion dont ils avaient mal supputé la
distance, tardaient à rentrer. La nuit était
tombée en l'espace d'un vertige, une de ces
nuits limpides qui parent d'une joaillerie
éblouissante les pays de soleil, une de ces
nuits charmeuses comme les féeries orien-
tales, dont les étoiles, dégagées en une
atmosphère de velours, semblent éclabousser
vers nous leur cascade miraculeuse. Grisée
de transparentes ténèbres, toute vibrante du
frisson des grands soirs, je m'étais mise au
clavier, et j'égrenais lentement cette sonate,
d'une poignante mélancolie, du Clair de
Lune de Beethoven, cette mélodie aux
arpèges étouffés comme des plaintes d'âme,
si proche d'un long et doux sanglot...

Or, comme se mouraient les dernières
notes, un léger bruit, à peine perceptible, me
fit tourner la tête vers la fenêtre au large
ouverte. Je retins un cri. Contre l'appui, une
forme blanche était accoudée sous la pâleur
diffuse d'un rayon lunaire :

— Ne vous effrayez pas, fit aussitôt une
mince voix, toute de cristal, aux inflexions
très pures. J'étais là, dans le parc... J'ai
perçu vos premiers accords, et j'ai été invinciblement attirée. Pardonnez-moi... ou
plutôt, je vous en prie, mademoiselle, re-
prenez, continuez... Imaginez que je suis absente...

Je ne trouvai rien à répondre, surprise, intimidée. La voix insista, enveloppante :

— Je vous en prie...

Et, involontairement, mes doigts frôlèrent
à nouveau le clavier, le sanglot s'épuisa...

— Oh! balbutia la jeune femme, — et sa
voix à présent était altérée — Oh!... quelle
âme de musicienne vous avez!... Je vais vous
faire le plus précieux des compliments...
Voyez...

Elle inonda son profil de la lumière
falote, leva les paupières, et je vis s'en
égoutter deux perles, qui roulèrent sur ses
joues, comme des étoiles filantes...

— Le plus précieux des compliments...
Car, dit-elle avec une nouvelle inflexion de
voix plus sèche, qui me communiqua une
sensation de froid, — car je ne pleure jamais... jamais !

Je me taisais toujours, interloquée, envahie d'une énorme confusion. Elle fit sur
un ton impératif :

— Venez donc...

J'obéis, machinale — m'avançai vers la
fenêtre. Ici, le rayon de la lune me frappait
tout entière. L'étrange femme me dévisagea
quelques secondes, puis :

— ... Vous êtes jolie... Vous avez, certes,
une âme intéressante... Je veux vous connaître. Vous viendrez me voir !... Je veux
que vous veniez me voir !... N'est-ce pas,
vous viendrez ?

— Mais, murmurai-je, répondant directement à l'invitation, sans songer même à ce
qu'elle avait de bizarre en sa forme, —
mais... on ne me permettra pas...

Je ne pouvais point sentir ce que cette
phrase spontanée avait de maladroit. Mon
interlocutrice s'étonna :

— Et pourquoi ?..

Puis, en un sourire de malice :

— Ah !... c'est vrai, les convenances !...
J'ai — dit-elle en haussant les épaules — la vi-
laine éducation de m'en soucier trop peu...
Mais rassurez-vous, je connaîtrai votre père
et votre mère, et tout sera dit...

Je protestai vivement, sous la seule poussée de l'instinct :

— Ce n'est pas mon père... Ce n'est pas
ma mère !

— Bah ! riposta la jeune femme. C'est
drôle... je m'en doutais !

Un petit rire saccadé... Un adieu du bout
des lèvres... La forme blanche disparut,
légère, comme portée par un souffle, dans
l'ombre des allées du parc.

XVII

Le lendemain, dans l'après-midi, je ne fus
donc point trop surprise de voir entrer dans
ma chambre l'aînée de mes sœurs adoptives.
Elle s'irrua chez moi en coup de vent :
« Venez, venez vite... Nos voisins, des gens
très bien, ont conversé tout à l'heure avec
maman. Ils ont demandé à nous connaître, — Jane (c'était la cadette) — et moi...
Mais il conviendrait que... vous aussi...
Enfin, venez !

Je ne pris pas la peine de sourire, bien que
j'eusse facilement deviné la vérité. Marie-
Thérèse avait déjà disparu, avec son air
rogue. Je suivis. Dans le parc de nos voisins,
assises à l'ombre sur des rocking-chair, en
face de mon amie de la veille, « ma tante »
et ses filles se maniéraient, minaudaient avec

une gaucherie visible. Elles étaient évidemment flattées au plus haut point, mais aussi fort mal à l'aise devant leur interlocutrice dont l'élégante simplicité d'allures révélait la race sociale, et leur imposait. Elle, M⁰ Tscherkof, parlait peu, et sa physionomie avait un air énigmatique, vaguement narquois. Elle échangea un coup d'œil d'intelligence avec moi, et feignit de ne point me connaître, ne fit aucune allusion à l'incident de la veille. « Ma tante » présenta cérémonieusement « sa nièce Magdelaine » et prononça le nom de mon père avec une trop évidente vanité, comme s'il eût fait sa propre gloire... Je surpris un étonnement fugitif sur le front de la jeune femme.

Dès lors, nous passâmes, tous les jours, de longues heures ensemble. Elle m'attirait invinciblement, me fascinait en quelque sorte. Je sus comment elle était là, sur ce petit coin de plage désert et perdu : elle aimait ces fugues inexpliquées après la fièvre des hivers mondains, quittait le bruit, le mouvement, pour se terrer ainsi en quelque solitude, pour y jouir — exprimait-elle — d'un délicieux voisinage avec la Mort. Elle prononçait sans cesse de ces phrases singulières qui, parfois, me mettaient dans l'être un petit frisson de terreur. Ses yeux alors s'élargissaient vers un point invisible, et des impressions surprenantes se succédaient sur son visage pâle. Elle avait de petits rires secs, qui ne riaient point, et des cascades nerveuses la secouaient sous le flot des mousselines. Mais à d'autres moments, elle reprenait la grande douceur, qui était le fond vrai de sa nature, et c'était, alors, une inexprimable enjôleuse, souple, excitant une sympathie enveloppante d'un charme rare.

XVIII

En somme, elle fut vite ma confidente. Auprès d'elle, ce besoin d'expansion, que dissimulait ma factice attitude farouche me gonflait le cœur. Ce n'était plus cette amitié sans nuage, si simple et si pure, que je gardais au fond de moi, à la si simple et si pure sœur Irène, — mais au demeurant la soumission à cette sympathie qu'elle exerçait naturellement, je l'ai dit, et aussi le sentiment d'une protection que je devinais certaine. Tout me prouvait que, comme sœur Irène, M⁰ Tscherkof s'était prise pour moi d'une affection commençante qui augmentait de jour en jour au récit de mon enfance

triste, et à la pénétration de mes sentiments. Seulement, hélas! l'affection de sœur Irène n'était que platonique, tandis que celle de ma nouvelle amie, — qui elle, appartenait au monde et à la vie — me serait d'un secours efficace, le cas échéant. Elle ne se faisait point faute de me le dire, à ses minutes attendries. « Voulez-vous que je vous emmène en Russie? » fit-elle une fois, très sérieusement. Et j'eus aux lèvres un « oui » immédiat, que je retins. A quoi bon ?...

A présent, elle savait tout de moi. J'occupais passionnément son esprit fantasque, prompt aux émotions neuves, sans cesse en quête d'inattendu. A l'amitié véritable qu'elle me portait s'ajoutait une préoccupation d'un ordre moins élevé : je distrayais son ennui! Aussi, souvent, je remarquais que ses attentions allaient à moi en quelque sorte ainsi que celles d'une enfant frivole à sa poupée. Alors je me repliais en moi-même, blessée dans la sincérité de mon amitié, et redevenais farouche... Ceci avait pour résultat de l'amuser davantage.

— Oh! que vous me désennuyez! s'écriait-elle, devinant où le bât me blessait, et se complaisant à exciter cette souffrance. C'était une satisfaction rendue à cet instinct, que j'ai désigné, de cruauté maladive, qui était une facette de son mystérieux caractère.

Mais ce n'étaient là que des nuages tôt évanouis — et, je dois le dire, si vite oubliés! Mon amie avait le don surprenant de les effacer par une caresse de langage, — et je ne savais plus...

XIX

Ma tante et mes cousines avaient eu, bientôt, l'intuition du subterfuge dont elles étaient les victimes assez ridicules. Elles voyaient sans cesse M⁰ Tscherkof me rechercher, m'appeler, m'introduire chez elle et m'y garder aussi longtemps que possible. Par contre, elle évitait mes parentes — en dépit des efforts inespérés de celles-ci! — par les plus minutieuses ruses, et n'échangeait avec elles que de rares entretiens auxquels elle mettait un terme immédiat, sans qu'il y parût, avec cette finesse qu'entraîne l'acrobatie des parlers mondains. Les pauvres dames n'étaient, vous le devinez, point de taille à lutter... Et elles se trouvaient éconduites avec une telle subtilité qu'il semblait qu'elles se fussent retirées elles-mêmes. Il s'ensuivit que la jalousie aigre et sournoise en laquelle elles me tenaient se décupla. Les vexations se multiplièrent à l'infini. Je souffrais tout sans mot dire, forte des moments exquis que j'écoulais avec mon amie. Au bout de quelques semaines, pourtant, ce fut intenable. Je rougirais, Jacques, de vous dire, par le menu, les duretés que l'on me fit subir, de vous dévoiler à quel point se peuvent exercer la mesquinerie et la brutalité coalisées ! Un moment vint où, désespérée de se heurter à ma résignation obstinée, les malheureuses imaginèrent de me mortifier en ce qu'elles devinaient être ma seule consolation présente. Il me fut interdit formellement de voir Mme Tscherkof...

Une journée s'écoula sur cette interdiction. Inquiète de ne point m'avoir vue, mon amie se présenta, vers la vesprée, et s'enquit de moi. Étais-je malade ? Que se passait-il ? On la reçut aigrement, sans répondre au but même de sa visite. Mais elle n'était point femme à s'émouvoir pour si peu. Et, la nuit tombée, comme j'étais penchée sur l'appui de la fenêtre, je la vis déboucher de l'allée du parc et de se diriger vers moi :

— Eh bien ! fit-elle à voix basse, et en étouffant un rire, — il paraît — où je me trompe fort — que l'on redoute pour vous le commerce dangereux des gens aimables.

Je lui contai tout ; et mon découragement. Elle m'écouta, silencieuse. Puis, comme je terminais, je l'entendis murmurer :

— Les solitaires de la Sibérie disent que tout prend fin !

Elle parlait avec cette intonation froide qui me glaçait parfois.

— Patience, ma petite Magdelaine, — ajouta-t-elle en transformant à la seconde cette intonation, patience ! Embrassez-moi, et ne vous désolez point !...

Je me taisais, assommée de détresse ; elle ponctua :

— Oh ! si vous saviez comme je suis mauvaise ! mauvaise !... Aussi mauvaise que bonne !

Je vis briller la lignée régulière de ses petites dents blanches et luire une dureté dans ses yeux phosphorescents.

— Allons ! adieu ! me dit-elle encore. Si demain comme aujourd'hui, nous ne pouvons nous voir, ne vous impatientez pas. Au fond, tout ceci est simple, et ne peut durer. Aucun mauvais sort, — comprenez-moi bien ! — ne pourrait faire que vous continuiez à souffrir par ces gens-là... Aucun !..

Je fis, lasse :

— Que voulez-vous que je devienne sans eux ! Vous savez bien que je suis orpheline et proscrite, et seule, et marquée de douleur par le Ciel même ! Allez, mon sort que vous invoquez m'est fidèle !... N'en doutez pas !....

Elle haussa les épaules, tendit la main vers le large :

— Folle ! dit-elle. La mer elle-même change...

Et elle s'éloigna. Au détour du sentier elle se retourna, fit encore :

— A bientôt, Magd !

... puis disparut dans le noir.

XX

Terrifiante prescience ! Elle ne s'était point trompée !

Une semaine venait de s'écouler. Par une lourde après-midi de fin d'août, « ma tante » et ses filles s'étaient mises en quête d'ombre dans la forêt prochaine. Selon leur coutume elles n'avaient eu garde de s'inquiéter de moi. J'étais donc seule, dans la chambre vide, où un peu d'azur venait égayer le silence. Assise devant la fenêtre, je fixais les petites crêtes blanches des lames courtes qui se mouraient sur la plage. Et, sous une somnolence pesante, je me sentais m'assoupir, doucement...

Oh ! Jacques, cher mien, comment vous conter cette chose hideuse, dont la seule pensée me soulève encore le cœur de dégoût et de honte ! En mes doigts la plume tremble... Toute ma sensibilité frémit à ce souvenir d'ignominie et de haine, le plus saignant qui me soit resté au cœur, le seul qui agite encore en moi des révoltes impétueuses, à cette heure lasse où je vous écris, où plus rien ne reste, de ma vie désenchantée, qu'une impression sourde, et un grand pardon...

... Décidément, j'étais à la seconde extrême de transition entre l'éveil inconscient et le sommeil complet, si bien que je n'entendis pas la porte s'ouvrir, ni quelqu'un s'approcher de moi à pas de loup. La tête penchée en arrière, affaissée contre le dossier du siège, j'avais, par un mouvement naturel, le visage offert... Et là, là... à la naissance du cou, un contact ignoble me fit sursauter soudain, tandis qu'une bouffée d'haleine chaude m'enveloppait la figure. D'un geste brutal, instinctif, je jetai mes bras en avant ; ils rencontrèrent un corps, qui céda sous la poussée. Du coup, j'avais bondi hors du fauteuil, et me trouvais debout, protégée par le siège même derrière quoi je m'étais retranchée. Tout ceci, en l'espace d'une demi-seconde. Et pourquoi ? Pourquoi — dans l'inconscience du premier sommeil, cette foudroyante impression d'horreur et de terreur, alors que j'ignorais absolument ce qui se passait ? Tant il est vrai que nous avons un sentiment physique aussi fort que notre sentiment moral, qui nous prévient et nous commande.

Devant moi, séparé par le meuble dont je me couvrais, le mari de « ma tante » fit un geste pour m'imposer silence : « Chut » Oh ! cette face sournoise, au regard fuyant ! J'en revois encore, comme si elle m'était présente matériellement, la répugnante physionomie ! Ses prunelles s'étaient élargies et me couvaient d'une flamme d'affreux désir, ses joues étaient congestionnées, son cou tendu, ses narines palpitantes et bestiales. Et une crispation nerveuse lui faisait serrer des poings massifs et noueux.

— Qu'avez-vous ?... Que voulez-vous ?

— Tu le sais bien ! fit la brute avec un rictus cynique.

Dieu juste ! Je vous jure, Jacques, que je ne savais rien, que j'eusse été incapable de définir le danger qui me menaçait. Je vous le répète, je n'obéissais qu'à un ordre simplement physique, un instinct formel d'une inexprimable violence. Et, tout net, en la jeune fille faible et douce, pliée par tant d'habitude à une résignation silencieuse, venait de surgir la femme : et en la femme, bouillonnait le sang fier de mon ascendance, affolé par l'outrage. Je dressai le front :

— Je ne sais rien fis-je, la voix étranglée mais précise, je ne sais rien, sinon que vous me faites horreur, et que je vous défends de m'approcher !

Il ne répondit pas, accentua seulement son rictus, haussa les épaules, et sans me quitter de ce regard effrayant, il avança d'un pas. D'un choc, je lui fis rouler le fauteuil dans les jambes. Il trébucha, se retint au meuble et, par un mouvement rapide, le rejeta de côté. Plus rien, à présent, ne nous séparait... Je reculai jusqu'au mur. Il y était en même temps que moi et, me serrant les poignets à les briser, il approcha à nouveau ses lèvres de mon visage. Par un surhumain effort, je l'évitai :

— Voyons, grinça-t-il, les dents contractées, voyons... tu es ridicule... car, après

tout... j'ai, tu m'entends bien... j'ai traduit tes regards... Je ne cède qu'à tes sollicitations.. Tu me comprends... et si tu criais... si l'on savait... je le dirais... comprends-moi bien... je le dirais, ce que je te dis là... je le jurerais... et c'est moi que l'on croirait.. Tu n'en doutes pas...

Il me sauvait par ce surcroît d'infamie, le misérable ! Un grand flot de sang m'afflua au cerveau, je sentis ma force se décupler sous trop d'indignation et de rage. Ramassant mon effort, le corps raidi, je lui mis les yeux dans les yeux :

— Écoutez, lui dis-je sourdement, — laissez-moi, je vous y engage, je vous en conjure. Laissez-moi... sortir d'ici.. ou sinon...

— Sinon ?... quoi ?... défia-t-il.

Mais l'expression de mon visage devait être effrayante, car son accent était moins assuré, et, involontairement, il relâcha un peu son étreinte : je profitai de ce répit pour me délier les poignets d'une détente subite, le faire chanceler d'une secousse en pleine poitrine, et bondir vers la porte. Dans ce mouvement, je me heurtai au guéridon, qui encombrait le centre de la pièce, mon élan fut brisé et, avant que j'eusse pu le ressaisir, la brute m'avait aggripée aux vêtements ; cette fois la colère venait s'ajouter à la surexcitation de ses desseins immondes. Il m'enlaça à bras le corps. Mais j'étais robuste, et puis...

Et puis, je venais d'avoir les yeux arrêtés par un couteau d'ivoire qui gisait sur la table : une lame blanche, mince, très effilée du bout fortement emmanchée en une poignée d'argent... Un don — un étrange don de mon amie, Mme Tscherkof. Cette fois, j'avais un but, je ne me débattais plus dans le vide ! Toute ma douceur de jadis, toute ma révolte d'à présent se résolurent, à cette minute, en une décision froide, de sanguinaires représailles. Il y eut une courte lutte. Puis mon bras droit, libéré, se tendit désespérément vers l'arme... Un effort encore... Je la tenais enfin. Alors, la sentant bien assurée en ma main crispée, je me tordis sous l'étau qui m'étouffait, et, parvenue à me retourner de trois quarts, je frappai la bête au visage, de toutes mes forces, de toute mon âme... une fois... deux fois... trois fois... Au quatrième coup, la lame se brisa avec un bruit sec, et l'éclat se perdit en un flot de sang qui m'enivra. Le misérable m'avait lâché, et s'abattait sur le parquet.

D'un saut, je fus dehors, sans raisonner,

je contournai l'enclos du jardin, pénétrai dans celui de Mme Tscherkof, et, à travers les allées, folle d'épouvante, je volai au perron. La porte était ouverte. Mon amie me barra le passage. Je tombai dans ses bras, hébétée, ne pouvant que haleter :

— Je l'ai tué !.. Je l'ai tué !...

J'avais toujours, rivé dans la main, le tronçon du couteau. Mon amie le saisit, — et, avec un sang-froid extraordinaire :

— Mon couteau d'ivoire — dit-elle en haussant les épaules. Allons !... Rassurez-vous... Remettez-vous... A coup sûr, il n'est pas mort !

Elle esquissa son sourire coupant. Je n'avais rien dit encore. Et déjà, elle avait tout deviné !

XXI

J'étais en ce moment en proie à une terrible réaction nerveuse. Je sentais mon sang se figer dans mes veines, ma volonté se dérober, mes membres immobilisés comme sous le coup d'une paralysie soudaine. Avec une force insoupçonnée en cette complexion délicate, mon amie me soutint, m'entraîna — me portant presque — dans sa chambre à coucher, et m'étendit sur un lit bas où je demeurai comme une masse. Puis, sans émoi, sans précipitation, elle découvrit, dans un petit meuble, un arsenal de flacons rangés avec soin, et, revenant à moi, me fit respirer de fortes essences, m'humecta le front d'un alcool au parfum pénétrant. Une flamme me monta au visage. La vie me reprit, et je me retrouvai sous l'impression de tout à l'heure. A toute tristesse, à toute mélancolie, à cette longue coutume d'indulgence lasse et de pardon sous laquelle je m'étais pliée en mon enfance misérable — une éclosion inattendue de révolte se substituait par une volte-face foudroyante de mon âme. L'enfant était morte en moi, tuée par une vision trop douloureuse de la vie brutale, et la femme entrait dans la lutte avec l'énergie des désespérés. Je fis, à Mme Tscherkof, une rapide image de la scène odieuse à laquelle je venais d'échapper, et, sans me rendre compte de la candeur romantique et de l'extravagance enfantine qu'il y avait en

l'expression d'un tel désir, je conclus, suppliante : « Gardez-moi !... Oh ! désormais... gardez-moi près de vous ! je vous en conjure ! »

« Évidemment ! » dit-elle, comme s'il se fut agi d'une chose toute simple ! Rien ne pouvait décontenancer cette âme d'aventure, ne s'effarouchant, au contraire, que des banalités de la vie. La logique des choses, leur succession normale et mesurée vers la paix, l'exaltait maladivement, excitait en elle, jusqu'au désordre physique, des désirs toujours inassouvis. Par contre, le tumulte la trouvait calme, possédée de sang-froid dans les crises les plus inattendues, comme les grands généraux sous le feu de l'ennemi.

Elle abandonna mon chevet, traversa la chambre d'un pas lent, plongée dans une suite de pensées dont elle calculait l'enchaînement. Et une couleur de physionomie que je ne lui connaissais pas encore, une impression accusée de gravité profonde, la présentait sous un aspect de beauté nouvelle, dans le demi-jour des persiennes closes. Après quelques instants de silence, elle martela :

— C'est simple. Je vous cache. Et je les défie de vous trouver. A peu de temps d'ici, nous partons. Vous avez un nom d'emprunt, je vous couvre, au surplus, de ma situation. C'est moi qui réponds de vous. Puis il faudrait des gens plus forts que ces gens-là pour se créer, de toutes pièces, de soupçoen adroits. Plus tard, nous verrons. Votre majorité n'est point si lointaine. En vérité, la partie est amusante à jouer!

Elle avait repris sa marche lente à travers la chambre, parlait sans geste, et sa silhouette élégante, d'une souplesse infinie, d'une frêle grâce, vaguait sous mes yeux ainsi qu'une ombre irréelle dans le clair-obscur des étoffes lourdes. Aujourd'hui, en évoquant le souvenir frappant de cette minute inoubliable, en retrouvant ce tableau fluide où s'estompe le fantôme de cette mystérieuse créature, je surprends, malgré moi, une analogie troublante entre son âme implacable et son être matériel tel qu'il m'apparut alors, ainsi qu'un vertigineux mirage. Et le drame outré qui planait sur nous, cette situation incroyable dans l'organisme de nos mœurs et des lois qui les étayent, cette circonstance de roman imaginatif, cette invraisemblance de la vérité me bouleverse, me fait entrevoir l'infini des fatalités étranges qui nous font mouvoir. Mais, alors, j'étais trop faite aux sursauts d'une enfance décousue, ballottée comme une épave par les marées capricieuses du monde, — pour avoir la sensation bien définie de ce qui m'arrivait, et du rôle délibérément aventureux que Mme Tscherkof acceptait des circonstances avec une simplicité inouïe. Une quiétude naïve, la force de l'inconscience, me pénétrait peu à peu tandis qu'elle continuait :

— L'important est de résister au premier choc que nous allons inévitablement subir. D'abord, qu'est-il arrivé? Où en est l'élégant héros de cette histoire! Point mort, je l'ai dit. C'est à la fois heureux et navrant! Mais blessé à quel point? Nous allons bien voir, du reste. Et vraisemblablement sans nous déranger! Cela ne peut manquer. Tenez, écoutez donc...

Des cris perçant éclataient au dehors, les cris affolés de ma tante et de ses filles. Je n'eus pas un frisson : pour la première fois, un sentiment mauvais, tout de nerfs, indépendant de mon être moral, venait de me traverser le cœur. Cette douleur, cette terreur, dont le hurlement assaillait mon oreille, loin de m'épouvanter, me causaient une indécise satisfaction de haine assouvie; la blessure avait été trop aiguë, et le fond humain surgissait brusquement en mon âme meurtrie. Si la crainte m'étreignit à cette seconde, ce ne fut point celle de ma conscience. J'étais en paix avec moi-même. Seul l'effroi des choses extérieures m'emplit de son trouble vil. Mme Tscherkof avait repris

son sourire mince et froid : « La comédie commence, murmura-t-elle. Je cours à mon rôle. Restez ici, je vais consoler ces pauvresses, et les abuser. A tantôt, Magd. Et soyez sans émotion. Si vous aviez vécu comme moi, vous sauriez comme, au grand point de vue des choses, tout ceci n'est rien!... »

XXII

La stupeur, suite inévitable de ces secousses, me fit oublier le temps et le silence... Une heure s'écoula, durant quoi je restai pétrifiée sur un siège, absente de toute sensibilité, de toute pensée, sans notion même du passé ni de l'avenir. La souffrance d'hier m'échappait; et je ne soupçonnais guère l'affreux inconnu du lendemain que me préparait cette révolution décisive de mon existence. Ma vitalité ne se trahissait plus qu'en une sourde confusion d'indifférences sans objet; sur mes tempêtes un calme plat dont la menace imminente m'était étrangère...

La porte s'ouvrit, mollement. Mon amie reparut. Je vis dans son regard cette énigme sardonique qui m'avait glacée parfois, et qui était le triomphe discret de la face cruelle de son âme complexe sur ses instincts de bonté. Mon attitude l'interrogeait. Alors, en ses yeux de ténèbres, une petite lueur d'acier gicla, son sourire s'incrusta davantage au coin de ses lèvres fines, et sans hâte :

— Oh! l'inexprimable joie des sanctions méritées! fit-elle. Vous avez bien frappé, ma mignonne! frappé comme une femme! frappé comme une fée! La brute a le visage mutilé, les joues déchirées affreusement, un œil perdu... Je l'ai vu, — et ce sera une de mes plus pures joies... Chère petite, retenez bien ceci; quand l'une de nous frappe ainsi, justement, férocement, c'est la revanche divine de notre faiblesse; — et c'est beau! c'est beau!... La bête a été châtiée par l'ange elle gît, blessée, dans la fange de son sang, et elle souffre d'autant plus qu'elle est plus lâche! Je vous dis, Magd, qu'un tel spectacle est plus grand, plus beau que tout!

Elle prononçait ces phrases de folie d'une voix lente, incisive, sans hésitation, mais, en parlant, sa figure de rêve avait pris une expression de sauvagerie diabolique que je n'oublierai jamais. J'eus peur, — sans comprendre, j'eus peur! Elle s'en aperçut, et, par ce don extraordinaire de métamorphose dont je vous ai parlé déjà, instantanément ses traits se fondirent en cette grande douceur qui lui donnait alors une apparence de madone; et me prenant les mains :

— Ne vous arrêtez pas à mes propos extravagants, ma pauvre Magd. Et parlons sagement, si Dieu le veut. Donc il n'est pas mort — je vous l'ai dit — mais très endommagé, le ciel soit loué! Le drame s'est expliqué — ou mieux, il a expliqué le drame par quelque conte atroce que je ne vous dirai point. Sa femme y croit peu ou prou, mais, vis-à-vis de moi, souligne sa version, évidemment. Ah! petite chère, on entonne vos louanges en ce saint lieu de famille, croyez-le! Vous êtes — ou je me trompe fort! — un joli monstre, et vos parents dessinent de vous un portrait qui séduirait Satan. Ne vous a-t-on pas fait quitter l'Inde (c'est une lettre de votre tante Théa qui en fait foi, et cette lettre, on me l'a lue) parce que vous aviez voulu vous faire enlever par un officier anglais?

Un flot de sang m'empourpra. Tant d'infamie dépassait les prévisions de mon cœur éprouvé. Mme Tscherkof maintenant riait d'un petit rire sec où résonnait une ironie plus qu'amère, — et poursuivait :

— Pour moi, qui sais, ces révélations avaient une saveur sans nom! Mais tout ceci en somme importe peu : c'est l'épisode, le détail, l'éclat de rire triste qui résume la philosophie des faits. L'important, m'y voici : ils ne savent point où vous êtes et ne le devineront pas. Selon leur intelligence, qui sauva le Capitole, vous vous êtes enfuie affolée « par votre crime » — mais, après avoir erré vingt-quatre ou quarante-huit heures, trois jours peut-être, jusqu'à ce soir, selon plus de probabilités, vous reviendrez à l'Enfer... Alors, n'ayant que l'Enfer pour gîte — oh! alors, vous aurez à subir de terribles représailles, qu'ils préparent avec des soins infinis et des raffinements admirables dans les coins les plus généreux de leur âme, sans toutefois qu'en ces représailles se mêlent le moins du monde — et pour cause! des préoccupations d'ordre... judiciaire. En résumé, je suis tranquille sur votre sort. Vous n'aurez pas la joie de revoir ces honnêtes gens. Quelques jours de réclusion prudente, ici, puis nous partirons pour Paris. Ainsi finit ce grand drame!

Je n'écoutais plus, reprise par la réalité, et je sanglotais silencieusement. Elle m'attira vers elle, d'un geste félin, et le ton âpre de son ironie s'anéantit dans une phrase de tendresse :

— Voyons, ma petite protégée, vous n'êtes plus triste, puisque je suis là...

Pour la faible proscrite, pour l'enfant pantelante au cœur brouillé de ténèbres, aux yeux sans cesse noyés vers des horizons de brumes et de menaces, quelle apparition d'espérance s'élève des moindres mots d'amour que lui jette en obole le passant pitoyable! O mes sœurs inconnues, éternelles agonisantes, fleurs brisées sur leurs tiges et roulées vers l'infini par les autans glacés, nous seules savons le prix d'un rayon de soleil perdu dans la rafale, la saveur d'un baiser qui console, la douceur profonde, pénétrante jusqu'aux moelles, d'un mot de caresse et de pitié, — fussent-ils mensonges, mensonges et leurres ainsi que tout! Sœur Irène, vierge angélique, Mme Tscherkof, créature de mystère, pétrie d'ivresse, d'amour, de sang et de fragilité, toutes deux vous m'apparaissez irréelles, tranparentes visions descendues des nuées pour essaimer des pas d'or et traîner des parfums d'ambre dans l'étendue de mon hiver sans fin...

XXIII

... D'un coin de la chambre, étouffé par les tapisseries touffues, le bourdon d'une horloge ancienne pleure l'heure lente. Je ne vois rien que la masse accusée des étoffes appesanties tout autour de ce nid de pénombre et de solitude. Les tapis épais, les brocarts lourds creusés de massives chutes, sont les complices graves du silence. Mes mouvements sont amortis dans les sièges aux profondeurs moelleuses, emplis de coussins élastiques, dont la mission semble être d'atténuer la vie jusqu'au mutisme absolu. Pas un craquement, pas un bruissement quand, à tâtons, je me traîne entre ces choses déjà familières au milieu desquelles, depuis deux mois, j'étouffe l'effroi envahissant de mon âme. Ce feu même, qui, dans l'âtre, épuise des sanguines molles, circonscrit sa lueur comme un globe rouge dans une atmosphère d'encre, — ce feu n'a point les déchirures crépitantes des flambées de joie : sa flamme est lente, triste comme une fin de rêverie, ou serpente, de bûche en bûche, avec la langueur des feux follets errants dans l'immobilité des tombes.

Tout contre, je me laisse choir, dans l'orbe pourpre qui me brûle les prunelles, et je fixe cette incandescence, je suis les larves lumineuses qui se tordent dans la cendrée ardente. J'écoute le silence. J'étouffe. Et, pour échapper à la peur d'abîme que je sens proche, cette compagne de deuil qui m'est trop fidèle, j'appelle, pour la centième fois, l'évocation vertigineuse dont j'espère vainement tirer des lois prophétiques et préjuger mes lendemains obscurs. Elle vient. Ce sont, d'abord, quelques jours d'abattement durant lesquels je demeure prisonnière dans la chambre de M⁰ᵉ Tscherkof, les oreilles emplies du murmure monotone de la mer paisible. Des angoisses, vers la fin de cette réclusion, me sont apportées par ma protectrice : à l'encontre de ce qu'elle avait espéré, on me cherche... Une police de village, un fonctionnarisme rural, soit!... Mais je n'en suis pas moins traquée, et cette chambre où je suis blottie me pèse, à cette pensée, de tous ses murs, comme un cachot... M. Tscherkof sourit énigmatiquement, et ne parle jamais. M⁰ᵉ Tscherkof sourit aussi, d'un sourire plus fébrile. Elle trouve, en tout ceci, un plaisir secret et la distraction indéfinissable que lui cause ce complot domine son amitié pour moi. Avec la perception des souffrants, j'éprouve ces nuances, qui me glacent, me replongent dans le désert de l'isolement... Une nuit, avec des précautions de brigands, nous abandonnons la villa vêtue de ténèbres; je me blottis au fond d'une voiture entre M⁰ᵉ Tscherkof et son mari, et le véhicule traverse à toute vitesse un pays peuplé d'ombres fantastiques; parfois, la route bifurque soudain, et le chant de la mer se rapproche, avec son rythme sourd qui me terrifie... Plus tard, le vent s'élève et secoue la voiture de rafales sifflantes : la vague prochaine s'écroule à présent avec des bruits d'orage, et, à des détours inattendus, j'aperçois, dans le noir opaque, des traînées écumantes qui se ruent et se fracassent contre d'énormes masses de rochers. A l'aube, nous nous arrêtons devant une petite gare de bourg perdu, sommeillante et paisible, presque triste, comme ces huttes de bûcherons qui s'effritent dans la désolation des clairières. Enfin, un train nous emporte, et, roulée dans le vertige de ces circonstances romanesques, abattue de fatigue, vivant à peine mon cauchemar étrange, je vois galoper des paysages magiques dans les brumes de l'aurore voisine. Une pensée domine ma torpeur; où vais-je? Et je me réponds : à l'inconnu! A l'inconnu, toujours! l'inconnu fait de vide et d'ef-

froi, mon symbole, ma mission désespérée!

Parfois, mon regard vague se heurte au sourire figé de M⁰ᵉ Tscherkof. Ce sourire, c'est l'allégorie de la vie qui me guette : un sarcasme. Et le train roule, et j'ai l'impression terrible d'une chute à travers l'espace...

Puis, Paris. Paris! De la fumée, de l'air qui me semble sale, des murailles énormes, des lointains sinistres, un effarement de folie, une foule éperdue de fièvre, une rumeur âpre que j'entends comme un cri de misère, — et l'haleine du drame. Malgré la présence de mes protecteurs, j'ai conscience, tout à coup, de mon lugubre isolement. Je suis seule, — seule en cette fournaise infernale dont l'angoisse m'a déjà pénétrée jusqu'aux pires tréfonds de l'être. Seule! Dans ces ténèbres agitées d'une activité maudite, dans ces rues que le soir habille d'un deuil brutal, dans cette marée humaine au travail puissant et sourd, — d'où les âmes, — oh! je le sens! — d'où les âmes sont absentes, où la chair seule persiste et s'agite, avec ses instincts féroces, ses douleurs, ses affres, —pour la vie! Plus seule encore dans ce luxe où je m'éveille soudain, parmi les gens de maison en livrée, sous les lumières trop pâles qui doivent éclairer une vie factice.

Ce qui accentue jusqu'au paroxysme cette sensation éperdue, c'est que mon amie, dès qu'elle eut franchi le seuil de son hôtel, s'est métamorphosée subitement. Elle règne, ici; elle n'est plus à aucune intimité, elle n'est plus à moi, surtout, ni à elle-même, hélas! je le devine.

Son geste s'élargit, sa parole n'a plus que les inflexions rêches du commandement; ses yeux sont à tout ce qu'elle domine, hâtifs, superficiels, sans pensées profondes, et son cœur... — son cœur est loin!

Elle m'apparaît, à présent, comme un automate prodigieux, non plus comme la fée que j'ai, par secondes lumineuses, devinée dans le secret de son âme, — non plus même comme la femme fantasque, l'être de caprice, de fragilité tout ensemble et de vision profonde qu'elle s'est parfois révélée à mes yeux, quand nous étions en tête à tête, et que mon attentive affection cherchait à la savoir, pour la mieux aimer. Maintenant elle vit et agit comme sous l'influence de quelque mécanisme intelligent, mais insensible, et déploie, dans son existence actuelle, une surprenante énergie. Cette existence est faite de visites, de réceptions, de fêtes, d'une agitation mondaine exacerbée, au milieu de laquelle ma timidité farouche, mon ignorance de ces choses fébriles et l'affolement que je dissimule au fond de moi, produisent, d'aventure, une impression indéfinissable de curiosité, d'étonnement, rarement de sympathie, souvent de froideur.

M⁽ᵐᵉ⁾ Tscherkof, très délibérée, me nomme comme une parente, et je vois passer autour de moi des gens que je connais une heure, que j'oublie ensuite, qui reparaissent, disparaissent, de circonstance en circonstance, de jour en jour, et dont je me suis fait, en mon esprit désorienté, un aperçu général malaisé à définir : il me semble que ces gens-là ne vivent point, personnages articulés mais inconscients, qu'un flot occulte charrie, apporte du dehors.

Ma pensée visionnaire s'est créé une image spéciale des humains ; je les croyais tous livrés à une contemplation intérieure, et ceux-ci, n'étant point tristes mais indifférents, me semblent ne pas exister. Leurs mots, leurs gestes, stéréotypés du reste sur un moule identique, je les comprends comme des choses surnaturelles et inutiles. Ceux qui n'ont emprunté à la vie que ses tristesses, qui n'ont éprouvé que ses alarmes et ses confusions, n'imaginent point que d'autres sentiments, et les actes qui en dérivent, soient terrestres. Ceux-là me comprendraient. Vous me comprenez, mon pauvre Jacques, de votre âme douce et mélancolique comme les ciels du soir...

Dans ce trouble, une seule idée précise arrête mon attention. Avec cette finesse intuitive réservée à la sensibilité des jeunes filles, je remarque chez mon amie des mystères nouveaux, rattachés à sa seule façon de vivre présente, et par un fil invisible. Parmi ses relations féminines, il en est de plus familières, que je revois à tout venant, qui entourent M⁽ᵐᵉ⁾ Tscherkof comme une cour, et entre lesquelles existe un rapport très distinct de celui qui joint les autres personnages de ce milieu. Celles-là me donnent une singulière impression, un peu voisine de la peur : elles ont, empreint sur le visage, le même reflet de physionomie ; leur parler est lent. Je surprends parfois dans leurs conversations des aperçus bizarres, compliqués, dont le sens exact m'échappe, mais qui laissent dans mon esprit la mémoire de phrases pas humaines — dirais-je — et du vague, je ne sai quel parfum âcre et maladif.

Ma protectrice les écoute et leur répond en ponctuant leurs entretiens de ce petit rire nerveux que je lui connais, ce rire où il y a comme une souffrance maligne, une ironie sèche, et de la cruauté, ce rire qui se traduit physiquement par une contraction de rictus, et dont le son, aux matités de fêlures, paraît étouffer les voix lointaines du regret.

XXIV

Ces amies de M⁽ᵐᵉ⁾ Tscherkof étaient liées entre elles par une sorte de franc-maçonnerie dont je n'ai compris que plus tard, — quand j'eus souffert et contemplé Paris — la conspiration byzantine. Toutes femmes du meilleur monde, elles couvraient de leur nom, de leur situation, et de l'accord infâme qui les unissait, une débauche effroyable qui, longtemps secrète, finit, par l'imprudence et l'audace de certaines, en un scandale dont tous les salons avertis retentirent, et qui fut la déchéance de plusieurs d'entres elles.

Des échos de cette lamentable affaire, entrée désormais dans l'histoire du monde parisien, ont dû vous en apprendre plus, Jacques, que je ne saurais le faire ici. S'il me faut évoquer le souvenir de ces dessous encore plus tristes qu'indignes, c'est, du reste, parce que leur existence eut sur la mienne une de ces influences que la fatalité dirige comme un jeu en rattachant tous les actes de notre vie par les chaînons les plus inattendus et les plus étranges.

Les complices de mon amie, ou, pour mieux dire, celles dont mon amie fut la complice, ne se servaient de leurs salons et des cénacles mondains qui les réunissaient que pour décorer, en quelque sorte, le caractère apparent de leur vie. Elles avaient, en réalité, pour se retrouver sans hypocrisie, dans l'effrayante nudité de leurs passions, un lieu de rendez-vous où convergeaient les mensonges de ce que je pourrais appeler leur existence officielle. Elles y passaient ensemble de longues heures, l'après-midi, sous le couvert de quelque visite au couturier, ou d'autres prétextes faciles sauvegardant les soupçons de leur domesticité, de leurs maris, et de la galerie. J'ai su tout cela plus tard. Ce que je n'ai point su, ce que — malgré tant d'indulgence acquise aux ronces de ma route! — je ne puis encore aujourd'hui que mettre sur le compte d'une heure de folie absolue, c'est le motif qui poussa

M⁰⁰ Tscherkof, un jour, à m'entraîner en cet abominable refuge. C'était, dans une rue voisine des Champs-Élysées, un vaste appartement de rez-de-chaussée, meublé avec un raffinement oriental, foisonnant d'étoffes et de bibelots, et où, en plein jour, brûlaient des luminaires à la clarté tamisée par des vitraux et des soieries, colorés avec une savante recherche de mystère. Ma protectrice me fit pénétrer dans un grand salon où, autour des guéridons à thé, de tables à jeu, je reconnus les familières de M⁰⁰ Tscherkof. Mais en quelle discordante allure ! Riant avec éclat, affectant des poses d'une nonchalance bizarre, et littéralement embrumées dans les spires bleues des cigarettes aromatiques qu'elles fumaient avec une sorte de frénésie et dont le parfum capiteux me suffoqua. A la seconde, je ressentis ce que ma présence avait d'inattendu, mieux que cela, d'inacceptable en ce lieu, car, à ma vue, une stupéfaction non dissimulée figea les visages, et il se fit un silence brusque, d'une froideur telle en cette atmosphère fiévreuse et bruyante, que toute sa signification me fut traduite instantanément par une des plus violentes impressions qui se puissent ressentir. Tous les yeux étaient fixés sur nous, sur moi surtout. Alors, une transformation subite altéra les traits de mon amie. Il sembla qu'elle sortait d'un rêve, et, faisant sur elle-même un effort visible, elle dit, d'un accent sec :

— Je n'ai qu'une minute. Nous passions. Je suis entrée pour vous apporter un bonjour. Voilà qui est fait. Nous nous sauvons.

Elle était douée d'un grand empire sur elle-même. Très à l'aise, extérieurement du moins, elle échangea quelques poignées de main. Et comme le silence persistait, je l'entendis chuchoter à M⁰⁰ de T... qui s'était levée et la questionnait d'un regard où il y avait une vague nuance de reproche, et l'expression d'une surprise énorme :

— Oui... oui ! c'est vrai !... J'ai des fantaisies qui montrent trop où j'en suis ! La folie,.. prochaine, fatale. Ceci est la conséquence de dix piqûres, hier : dix piqûres, ma pauvre amie, comprenez-vous bien !

Dehors, nous rejoignîmes, sans mot dire, le coupé qui nous attendait au coin de la rue. En vérité, je ne démêlais en tout ceci rien de net, et il ne m'en restait qu'un recul de cet instinct, extraordinairement sensible, qui est la première science des êtres en relation intime avec leur âme. Mais, dans la voiture, M⁰⁰ Tscherkof brusquement parla :

— Savez-vous, Magd, ce que l'on fait là... là-bas ? On se grise de haschish, d'opium, et de liqueurs, jusqu'aux plus affreuses ivresses. On se tue lentement, maladivement, par désespoir de vivre. C'est, au cœur de ce monde misérable de Paris, le commencement de l'enfer... Et, de vous avoir fait franchir ce seuil, vous, Magd ! j'ai commis un crime. Pourquoi ? Parce qu'avec la folie, qui me guette, qui m'appelle, qui m'attire sûrement, je porte le crime en moi. Vous ne pouvez pas comprendre cela. C'est mon poison, ma morphine, toute ma raison de vivre vers la mort, qui en est cause ! Plus tard... plus tard ! Quand à votre tour vous serez femme, et maudite, et que vous aurez tant souffert que le lent suicide et la honte seuls vous distrairont de l'ennui d'avoir trop souffert... c'est plus tard... alors, seulement, que vous saurez... En attendant, tout ce qui reste, dans mon pauvre cœur, de propre, de sain, de vrai, vous demande pardon, Magd. Je vous demande pardon !...

Et, comme ma pitié vibrait devant cette douleur secrète, cette douleur d'épouvante; comme, balbutiante, je prenais les mains de mon amie et voulais, de toute ma candeur, mettre un baume à cette plaie affreuse que je devinais à peine, et dont l'avenir seulement me réservait la vision dans toute son horreur ; comme un mot de tendresse glissait de mes lèvres sur cette prière haletante, — la malheureuse créature laissa tomber sur ma poitrine son long visage blême ; et ainsi qu'au soir où loin des méchants, devant l'immensité, dans la musique des nuits et d'une âme qui les avait rêvées, elle m'était apparue si simple, — ainsi qu'alors, elle me donna tout le bon de son être, des larmes...

XXV

En commençant d'écrire pour vous, cher aimé, cette légende de calvaire, j'ai voulu — et je vous l'ai dit — faire en sorte de rester à vos yeux cette vision un peu lointaine en laquelle, véritablement, la destinée m'a fondue, faisant disparaître de moi la forme palpable pour ne laisser que le symbole douloureux que vous avez mis haut dans la pensée religieuse de votre cœur. J'ai voulu, et je veux épargner autant que possible à ces confessions l'histoire inutile de ma basse humanité, les énumérations de faits toujours vils et mesquins, — puisque terrestres, — et dégager seulement, des circonstances, la narration de leur odyssée morale, leur problème, la révélation de Fatalité, intelligente autant qu'acharnée, qui s'y trahit. Il faut laisser aux hommes bien dignes de ce nom, la préoccupation de leurs actes et des matérialités qui les environnent; pour nous, qui sommes mieux que des hommes, nous qui communiquons par nos tristesses avec des sphères plus hautes que notre essence, pour nous, les douleurs et les joies, nos manifestations d'âme, nos voluptés et nos défaites spirituelles importent seules. C'est vous dire combien il me répugne, souvent, d'apporter à mes aveux des indications précises comme celle qui précède, des tableaux de choses existantes et non des choses simplement pensées et souffertes. Mais vous avez compris que si, parfois, j'étais amenée à le faire, c'est que, dans l'affabulation même de ma vie morale, je me heurte à ces faits brutaux

parce qu'ils sont des causes, diaboliquement combinées sous mes pas, et d'où mes luttes, la succession de mes désastres, s'écoulent avec une logique redoutable.

J'éprouve le besoin impérieux d'exprimer ces réserves, ces regrets, à l'instant où j'aperçois qu'il me faut inévitablement tomber dans ce piège redouté. Toute mon excuse, vous la trouverez, Jacques, dans l'incroyable liaison d'accidents motivés parce que je vous décrivais dans ces dernières pages, et que je vais vous énumérer, avec, parfois, une brièveté voulue de notation, par hâte d'en revenir au roman de mon âme, et d'en finir avec ce que je dois vous signaler du roman de mes jours. Comme j'écris pour vous seul, sans souci d'expliquer la vérité de l'invraisemblance, c'est à dessein que, dans ce qui va suivre, je fixerai souvent les faits nécessaires en une sécheresse de documents, puisqu'ils n'auront pour but que de vous faire m'accompagner dans le dédale de mes sensations, et de vous les faire épouser sans le trouble du tâtonnement.

Les jours qui suivirent la triste scène que je viens d'évoquer, je revécus, à maintes reprises, les heures paisibles de naguère, où ma compagne établissait, entre nos esprits, une communication captivante. Je goûtai de nouveau cette caresse, délicieuse à mes appétits de tendresse, d'occuper directement et étroitement sa pensée, d'obtenir le témoignage si doux pour mon cœur d'isolée, de son affection non distraite. Elle mit une trêve à sa fièvre de mondanité, reçut peu, ne sortit guère. Elle semblait vouloir racheter ainsi, par le plus précieux des dons, ce qu'elle appelait elle-même son « acte de démence. » Pour moi, faut-il le dire? la portée de cet acte m'échappait absolument, je m'ingéniais en vain à deviner le danger que j'avais pu courir, et je ne pouvais que me récrier contre ce repentir hyperbolique. De cet attitude nouvelle où se réfugiait Mᵐᵉ Tscherkof, naissait une douceur infinie, et je me blottissais dans la tiédeur de cette amitié comme, autrefois, je m'enveloppais du regard de sœur Irène. Oh! ces fleurs de bonté, qui embaument le cœur des femmes, même celles dont les âmes sont les plus inquiètes, ou les plus farouches, ou les plus inflexibles! Frêles fleurs, parfois éphémères, comme les fleurs d'aurore qui se meurent avec la rosée, mais d'un parfum si pénétrant qu'il demeure comme un encens dans l'atmoshère des âmes ! Fleurs liliales dont la blancheur est une aube surgie des ténèbres de la douleur et dont il fut réservé aux seuls meurtris de la vie de contempler l'éternelle et suprême beauté, de quêter à leurs calices les ivresses saintes, de sommeiller, en leur parure comme dans les mollesses du rêve! Chères fleurs lointaines, écloses comme des pardons au seuil de ces mondes chimériques qui sont l'espoir du souffrant, chères fleurs lointaines, toujours vous m'êtes apparues entre les cailloux de ma lande, et vos pétales se sont amoncelés pour faire un lit profond à mes chutes, et j'ai cueilli votre sourire, et dans vos corolles mes larmes furent des perles égouttées des astres, où je vis scintiller les éclairs de la rédemption!

Nous passions, dans la chambre qui m'avait été attribuée, — et que j'aimais parce qu'elle semblait, hermétique, me garder de la foule mouvante et haletante du dehors — nous passions, dans cette chambre délicieusement meublée de calme et gonflée de silence, des heures de repos qu'aucune agitation ne menaçait de secousses. Là, je me sentais libre, à l'abri des événements, et les conjectures noires faisaient place à ce sentiment de non-être qui est comme la halte où nos émotions sommeillent. Les premières fois, mon amie m'y apporta des regains de grâce, une impression dominante de sérénité, cette surface presque ingénue à laquelle retournait parfois la mystérieuse femme, et par laquelle on eût dit que l'élément sincère et véritable de son caractère forçait les brumes de sa versatilité, comme le soleil, soudain, perce les nuages. Puis, elle m'apparut nerveuse, le front voilé par des pensées profondes. J'observai des saccades dans sa conversation; des inquiétudes farouches dans ses prunelles; dans ses idées, ces aperçus déconcertants, d'un esprit sardonique, qui me glaçaient la poitrine. D'autres fois, elle s'écroulait sur les débris de je ne savais quel secret terrible auquel elle faisait allusion par des mots au sens vague et sourd, qui me noyaient dans l'affreuse angoisse de l'inconnu. Et je revis en elle la créature insaisissable, en révolte avec sa nature même, à l'âme si désorientée qu'à son contact un vertige poignant m'envahissait le cerveau, et que je demeurais frissonnante sous la fascination du gouffre.

XXVI

'après-midi, je la vis entrer livide, noirs tordus en serpents sur la

neige d'une robe flottante en laquelle elle était drapée comme d'un suaire. A la commissure de ses lèvres un rictus s'accusait, de douleur et de volupté. Ses grands yeux hallucinés me fixaient obstinément et il me parut voir en eux un immense vide à l'infini duquel s'allumait une flambée de sang.

Elle glissa vers moi comme ces formes immatérielles qui fuient à l'orient de nos visions, que nous voyons, aux moments aigus, traverser des pans d'ombre, des reflets de miroirs, des lambeaux de ciels, et les blêmes lumières des crépuscules. Effrayée, je tendis les bras, en un geste brusque qui traduisait mes terreurs. Mais aussitôt la flamme de son regard s'épandit en une intense expression d'extase, et sa voix blanche, doucement, avec cette vibration monocorde de la prière, — qui évoque le bourdon mélancolique et inspiré des cloches frissonnant le glas au cœur des villes mortes, — sa voix blanche modula des phrases incohérentes :

— Pourquoi t'effrayes-tu? De quoi t'effrayes-tu? De ma pâleur? Les étoiles et les lys sont pâles. Et les mortes sont pâles. De ma souffrance? Elle ment : je ne souffre plus ; le poison divin m'a bercée, et mes pieds ne touchent plus le sol en fusion sur lequel se tordent les victimes humaines. De ce que mon cœur a presque cessé de battre? C'est la suprême illusion, un pas dans le néant qui caresse et console. De la folie qui rôde sur mon visage? J'aime son pur baiser d'oubli : les fous sont les saints, les privilégiés, les princes du grand royaume où le passé ne pénètre pas. Tu t'effrayes de mon délice! Pauvre enfant, écoute ceci : avec ma beauté, que l'on dit réelle, avec la fortune, dont j'ai fini par triompher, avec mes passions, qui furent ardentes, j'ai chevauché la vie comme les éternels errants qui n'atteindront jamais la limite du monde; j'ai vu le soleil levant, je n'ai pu le joindre ; et j'ai laissé des lambeaux de ma chair, des dépouilles de mon espoir, des bribes de mon âme, des gouttes de mon sang à tous les rocs du chemin. L'amour, l'argent, les réveils du rêve, tout ce qui est humain, tout ce qui est terrestre, m'a martyrisée jusqu'aux mystères les plus sensibles de l'être. J'ai éprouvé que la vie était un perpétuel lendemain de fête ; ses joies, des météores qui vont s'abîmer dans l'infini douloureux Tu vas vivre, tu sauras tout cela. Eh bien, retiens où gît le trésor que je vais te laisser entrevoir sous ces décombres sanglants ; quand tu ne voudras plus souffrir, quand tu ne pourras même plus prier, tu t'étendras sur une couche moelleuse, un soir d'affres, et tu goûteras au poison, sans remords. Et il te sera révélé, alors, que le poison est la seule volupté définitive et fidèle, parce qu'il prévoit et précède la fin de tout, parce qu'il décolore les choses, parce qu'il anéantit le souvenir, parce qu'il éloigne les perceptions matérielles et rapproche l'idéal. Ah ! le poison, seul secret du bonheur absolu, premier contact de l'audelà, sourire d'éternité !...

Chose curieuse, tout effroi m'avait abandonnée, peu à peu, et j'écoutais avidement cette musique alliciante et malsaine, comme je m'étais grisée des voix d'anges traduites par sœur Irène ! C'est que la folie et la foi s'enlacent quand même au sein des illusions : elles croient aux mêmes infinis, elles tendent aux mêmes promesses. La parole d'un même Dieu leur dicte les mystères sacrés, et la même lumière surgit de leurs abîmes. Toutes deux accèdent à l'univers impalpable où se résolvent les doutes torturants et s'accomplissent les légendes divines. Elles tuent notre matière et promènent nos âmes dans leur souffle de rêve. Enfin, l'une comme l'autre arrête la vie vraie pour entr'ouvrir celle des images...

XXVII

Je me penchai sur mon amie, qui semblait dormir, et son anéantissement me gagna. La tête brûlante, étourdie de ce que je venais d'entendre comme d'une liqueur capiteuse, je m'approchai de la fenêtre, pour me reprendre, échapper à la tentation mauvaise. A présent, c'était le soir. Le chaos s'allumait de lumières funèbres tachant de pleurs jaunes un rideau de nuit. Ses toits, ses dômes, ses monuments, ses masses, semblaient rouler les uns sur les autres comme en quelque monstrueux cataclysme, une avalanche de montagnes s'effondrant vers une crevasse ouverte aux entrailles de la terre. Et de dessous ces ruines, une rumeur montait, le cri farouche de toute une humanité déchirée, mutilée en cet effroyable tumulte. Et j'allais être charriée dans le torrent, écrasée aussi fracassée entre les rocs vertigineux, — poussière sanglante. Je me rejetai en arrière, épouvantée par l'horrible vision... M⁰ᵉ Tscherkof, exsangue, la tête penchée, fixait le vague de ses prunelles adorantes, limpides comme des eaux vespérales ; — ses

traits détendus, exprimaient le bien-être d'une douce agonie, l'agonie des épuisés qui s'éteignent imperceptiblement comme la flamme des bougies de fêtes à la naissance blanche des aubes.

Et, devant ce contraste, mon âme de jeune fille, soudain, comprit cette effroyable volupté des suicides pervers et lents, le pardon et l'oubli quêtés aux flacons sinistres dont les liqueurs distillent le grand mystère et déchirent, de leur œuvre magique, le secret des éternités.

Le lendemain, je ne revis point mon amie à l'heure accoutumée. Je m'inquiétai... On m'apprit qu'elle était sortie. Quelques heures plus tard, elle entra chez moi en coup de vent, tout habillée :

— J'étais folle hier, me dit-elle. Folle ! vous savez pourquoi, Magd ! De grâce n'est-ce pas, lorsque vous me verrez ainsi, n'attachez aucune attention à mes incohérences. N'écoutez pas ! Et plaignez-moi, chère petite amie !

Ce fut tout. Elle se rejeta, tête baissée, dans sa fébrile vie de salons. Et je restai seule, à solliciter le silence d'une dame de compagnie qui m'avait été présentée, et à écouter des voix lointaines, qui ne mentaient pas !

XXVIII

Dans l'hôtel, un mouvement insolite, dont la rumeur parvient jusqu'à ma retraite. Va-et-vient étouffé, semblable à ce remous de sang qui, depuis hier, parcourt mes veines, s'appesantit parfois comme une masse énorme sur ma poitrine, puis se diffuse jusqu'à mon cerveau où passent des vertiges. Des pas précipités. Des portes qui battent. Une sourde saccade sur les tapis. Une tumulte épouvantablement silencieux.

C'est un éclair. Cette rumeur, je l'ai perçue en quelques secondes à peine. Je n'ai point et le temps de la raisonner, de l'expliquer, d'en faire naître une conjecture. Et pourtant, je me suis dressée, les nerfs tendus, les yeux vers la porte.

Elle s'ouvre.

Une domestique, les traits décomposés, qui balbutie :

— M. Tscherkof... trouvé...

Et j'achève :

— Mort !

Pourquoi ai-je dit ce mot ? Pourquoi ?... Je ne l'ai pas dit. C'est une autre voix qui l'a prononcé, par ma voix. Et fermement, car la pensée qu'il exprime, la situation

qu'il expose, sont indubitables. M. Tscherkof est mort. Cela ne m'étonne pas. Je n'y
pensais point, mais je le savais. Un coin
de moi le savait.

Mon esprit est extraordinairement lucide.
Rien en moi qui palpite. Pas un frisson. Je
suis de pierre. Et je questionne :

— Où ?

— Dans son cabinet de travail... Il a
sonné... Il était dans son fauteuil, devant
la table... tout pâle... les yeux fermés...

— Madame ?

— Madame n'est pas là !

— Où est-elle ?

— Personne ne sait...

Je n'ai point la peine de réfléchir. L'idée
s'impose, nette, dictée par quelque avertissement supérieur.

— Je sais, moi.

Et j'agis.

J'ai jeté un manteau sur mes épaules.
Devant le personnel, qui erre affolé, je passe
droite, le pas ferme, conduite — et machinalement, du reste — par un courant de
pensées précises, qui n'hésitent point, qui
ne se heurtent point. Sans doute le drame
est-il désormais en moi, — ma chose, mon
élément, au milieu duquel je suis la vie
comme une piste, l'âme froide et obéis-
sante ?

Dehors, l'hiver me soufflette ! Un instant,
je chancelle. Défaillance fugitive, d'où je sors
plus forte encore, plus décidée, s'il est possible. Et je vais... où ? Un nom de rue, un
chiffre, se répètent méthodiquement en ma
tête. Certes j'ai pu, j'aurais dû les oublier.
Mais c'est toujours la force étrangère qui
domine ma force, qui pense dans ma pensée.
Une double mémoire me guide. Et je vais...
Et je vais...

Cependant, au premier carrefour, je m'arrête court. Sur la place houleuse, les artères
débouchent en étoile, et je ne puis m'orien-
ter. Là seulement je viens d'être immobilisée
par ceci — à quoi je n'avais pas pensé ; je ne
connais point Paris...

Sur la chaussée, devant moi, une voiture
a fait halte. L'homme sur le siège, me sollicite du regard. Je lui jette l'adresse et le
fiacre m'emporte.

C'est bien la maison. Je la reconnais. Je
reconnais son large vestibule asphalté de mo-
saïque jaune, la porte charretière béante, et
tout de suite, le seuil de l'appartement où
l'on accède par un trottoir de marbre blanc.
Là, c'est le salon où ma présence produisit

cette stupeur expliquée ensuite par ma protectrice, où j'étais entrée du reste étreinte
d'inquiétude et de méfiance, dont on me fit
un tableau maudit, dont le mystère même
devait m'emplir de terreur. Point. J'ai l'âme
sûre au moment où je presse le bouton d'appel. Trois fois, ainsi que le fit mon amie,
détail que je me rappelle sans effort.

Une fille de service m'ouvre — la même,
je la reconnais aussi ! — guère stupéfiée, elle !
Impassible, elle m'écoute :

— M⁽ᵐᵉ⁾ Tscherkof ?...

— M⁽ᵐᵉ⁾ Tscherkof n'est pas
ici.

— Elle doit y être, je sais
qu'elle doit y être. Si vous
avez un mot d'ordre, ne
vous y arrêtez pas en
ce mom   il s'agit
d'une chose gra-
ve... un malheur.
Il faut que je voie
M⁽ᵐᵉ⁾ Tscherkof !

— M⁽ᵐᵉ⁾ Tscherkof
n'est pas ici, — répète
simplement la do-
mestique, sans sour-
ciller.

Mais rien ne saurait
me décontenancer. Ce
bouleversement nou-
veau qui, je le sens, va
marquer encore dans ma
vie une phase de désarroi
et de malheur, au lieu
de m'abattre, a réveillé en moi toutes les
énergies ataviques. Il n'est plus d'enfant, de
jeune fille inexpérimentée et timide. Une
femme. Mieux. Un être.

— Ah ! je la verrai, puisque je le veux !

Et j'écarte la fille. Et je passe. Mais la
porte d'un salon s'ouvre, encadre une physionomie connue : le comte de Tramar.
Dans l'entourage de mon amie, j'ai remarqué
cet homme parce qu'il se différencie des
autres par un reflet d'évidente bonté qui
demeure en ses yeux. Indulgent et las, je me
suis dit, un soir, en l'observant, qu'il doit
valoir mieux que ce monde où il se traîne

comme on se traîne de siège en siège, les jours d'irréfragable ennui. Lui aussi m'a devinée, en ce concert d'inutiles. Nous avons échangé quelques phrases, simples et molles, reposantes en ces gageures de compliments fades, d'ambiguïtés sottes, psalmodiées comme les litanies d'un rite profane, dont les fidèles mêmes auraient le dégoût.

— Vous ! Vous ! Ici !

Il y a, dans le geste sec accompagnant cette exclamation, plus que de l'étonnement, une nuance de colère :

— Vous, mademoiselle !

— Il faut que je voie Mme Tscherkof, tout de suite !

Sans répondre, il m'a pris les mains, m'a fait entrer dans le salon dont il referme la porte nerveusement. Je regarde autour de moi : je suis bien dans la pièce où j'ai pénétré naguère. Et il n'y a personne.

— Mme Tscherkof est-elle ici ? redemandai-je précipitemment.

— Mais savez-vous où vous êtes ?

— Oui, j'y suis venue !

— Vous y êtes venue ? Vous !

— J'y suis venue avec Mme Tscherkof.

— Mais elle est donc plus que folle, cette femme ! elle est mauvaise ! s'écrie mon interlocuteur, les sourcils froncés.

— J'y suis venue, deux minutes à peine. Et j'ignore encore en quoi ma présence ici fut si grave. Il s'agit de bien autre chose. Une catastrophe frappe Mme Tscherkof. Je ne la vois point. Et je ne sais où la rejoindre !

— Une catastrophe ?

— M. Tscherkof vient de mourir, la maison est affolée. Moi seule croyais pouvoir prévenir ma protectrice.

Il dompte sa stupeur, — murmure :

— Attendez donc !... Lundi... quelle heure est-il ? Cinq heures... Elle doit être chez les Portrieux.

— Hélas ! je ne sais...

— Permettez-moi de vous accompagner. Je manquerais à tous mes devoirs si je ne vous aidais en pareille circonstance.

Ce secours inespéré me réchauffe le cœur. Un remerciement me vient aux lèvres, timide, mais d'un accent si sincère, que M. de Tramar en est touché. Et il me dit avec une singulière gravité :

— Vous me pardonnerez, Mademoiselle, ce qui dans mes questions, a pu vous paraître indiscret tout à l'heure. Je veux que vous le sachiez, c'est un bon sentiment qui fut la

raison de cette brusquerie : l'intérêt que je vous porte.

— Je le devine — dis-je, simplement.

Puis, dans la voiture :

— Il faut de ces choses, fait-il, songeur, — pour qu'en moi le vieil homme reprenne ses droits. Parisien, ouvert à trop d'indulgences, et cynique, j'ai prêté ce logis à des démentes. L'inqualifiable fantaisie de l'une d'elles vous y a fait pénétrer. Je trouve en ceci un avertissement. En somme, si l'on s'en remet à l'origine des choses, c'est par moi que vous avez frôlé ce péril. Je sais des gens qui trouveraient cela très drôle. Moi, il me reste, de loin en loin, des arrière-pensées de ma province. Peut-être ai-je raison. Demain, la porte sera fermée.

XXIX

— Laissez-moi, Magd. Allez vous reposer.

Mme Tscherkof se leva. Il était dix heures du soir. Depuis six heures elle n'avait pas bougé, telle une statue, agenouillée au chevet du mort, le front écrasé dans la blancheur des draps. Elle était livide. Elle n'avait point de larmes. Ses yeux ardents mettaient deux larges pierreries noires dans son visage devenu si diaphane, si mince, si transparent, qu'on eût dû pouvoir lire son âme sous la porcelaine fragile des pommettes. Une souffrance infinie, soutenue par une décision virile, donnait à sa physionomie un courant de magnétisme surnaturel, cette lumière des traits que les artistes de génie ont su rendre aux martyrs, et qui est comme un reflet divin accordé à la douleur seule. Elle répéta, tout bas :

— Allez vous reposer. Pauvre petite amie, vous devez être brisée !

Je fis « non » d'un mouvement de tête. Elle insista :

— Je le veux. Je vous en prie, reprit-elle, adoucissant la nuance impérative qu'elle avait mise en ces trois mots. Je vous en prie, pour vous d'abord, qui avez besoin de repos. Pour moi aussi, qui désire être seule.

Cette dernière raison me décida. Je fis un pas vers la porte.

— Madame — dit mon amie à l'une des deux religieuses qui priaient, immobiles sous l'agonie des cierges — ayez la bonté de reconduire cette enfant à son appartement.

Je fis signe que l'on ne se dérangeât point.

Mais déjà la religieuse s'était avancée, et me suivait. Lentement, nous gravîmes les marches de l'escalier. A présent, une foudroyante réaction physique m'avait cassé les nerfs. Je dus m'arrêter à l'étage. Mes pas se dérobaient. Je me retournai pour demander un appui à ma compagne. Dans ce mouvement, pour la première fois mes yeux rencontrèrent les siens ; la lumière crue d'un globe la frappait en plein visage sous le voile :

— Sœur Irène! m'écriai-je.

Ç'avait été comme un mirage éblouissant ma vue de la tendre vision. Mais, tout de suite, je reconnus mon erreur.

— Pardonnez-moi, ma sœur — expliquai-je. Vous ressemblez si étrangement à une amie perdue que l'illusion a été plus forte que la logique. C'était mieux qu'une amie — une sœur, une mère, une famille.

— Je suis de cette famille-là dit doucement la religieuse. Vous ne vous êtes donc point trompée.

Un sanglot m'avait crispé la gorge :

— Oh! murmurai-je, je suis trop triste! Je suis trop triste!

— La mort n'est point triste! dit simplement la jeune femme.

Elle me laissa sur ce mot, cette admirable négation des choses d'ici-bas. Et le mot me revint, me hanta, parmi la chute sombre des heures, comme une évocation d'au-delà qui éteignait en moi toute notion extérieure. Il finit par me bercer en une sorte de demi-sommeil où s'anéantit mon corps, tandis qu'une vague conscience dominait ma torpeur intellectuelle. Loin dans la nuit, je me rendis parfaitement compte qu'on entrait dans la chambre. C'était M⁰ Tscherkof. Elle s'approcha, me crut endormie, et, longuement, me contempla. Entre mes paupières mi-closes, je la vis grandie dans les vêtements noirs dont l'extrême simplicité, loin de nuire à sa grâce aristocratique, en accentuait encore davantage le charme naturel. Oh! comment oublier l'apparition fantômale de cette figure de neige, animée par la fusion métallique des yeux, et dont la matière semblait s'être sublimisée jusqu'à l'irréalité des songes! Il m'apparut que son âme s'était extériorisée, demeurant en la forme seule de mon amie, mais qu'elle n'était plus de chair, de chair palpable — et qu'elle eût été invisible pour tout autre que moi. Sa main égara sur mon front une maternelle caresse, une imperceptible caresse

d'ailes. Puis, elle s'accouda à la cheminée devant l'âtre triste, — baissa la tête, et resta songeuse, le regard fixé vers cette cendrée où couraient des rougeoiements semblables aux reflets désespérés que l'on voit rôder, suprême prière à la vie, dans l'œil des agonisants.

Un glas tomba des tapisseries. Mon amie eut un sursaut, tourna la tête vers l'horloge. Alors, une fois encore, son regard s'abaissa vers moi, m'enveloppa d'une inexprimable langueur. Elle se pencha, me mit sur les paupières un baiser qui m'effleura comme un souffle. Un instant après, j'ouvris les yeux, je voulus parler. La chambre était vide...

XXX

... Et de nouvelles heures ponctuèrent le silence. Et d'autres. A présent, une aube funèbre léchait les fenêtres. Aube grise, aube de brouillard, éveil de ciel terne, enveloppant les choses d'un suaire douteux. Un bruit vint de la rue, qui se répercuta, grandit, s'enfla d'un brouhaha lointain. Mon hébétude s'inquiéta. Je me levai, titubante, écrasée par l'ivresse pesante des insomnies. Une persienne ouverte, je bus de l'air qui me mit dans les veines un frisson glacé. En même temps, l'éveil du dehors me pénétrait : des silhouettes hâtives traversaient le matin, des véhicules déjà faisaient gronder l'asphalte, le cœur de Paris se remettait à battre. L'impression de cette activité croissante de minute en minute me fut comme une secousse, qui me rendit toute conscience. Je descendis.

Dans la chambre ardente, je ne vis point M⁰ Tscherkoff. Seules, au pied de la couche, les deux religieuses, agenouillées, priaient toujours, dans la même pose! L'une d'elles, au bruissement de mes pas, leva la tête. C'était celle qui m'avait accompagnée la veille. Elle arrêta mon intention par un signe du regard, vint à moi, et sans mot dire, me remit un pli épais dont la suscription, immédiatement, me frappa. Puis elle retourna à sa place, et reprit sa méditation.

L'écriture de ma protectrice. A reculons, je regagnai la porte, gravis machinalement l'escalier, me retrouvai dans ma chambre. La lettre figée dans les doigts, je ne la regardais même point. Je ne comprenais plus. Qu'eussé-je compris? Seulement, de grands chocs se précipitaient dans ma gorge. Et ce fut soudain, sous un jet d'énergie, que je rompis l'enveloppe :

« Magd, ma petite amie, je vous quitte. Un adieu à vous deux, à mon mort qui ne m'appartient plus, et à vous, chère enfant, qui étiez un peu mienne... Un adieu... et je partirai seule, je partirai recommencer ma vie toujours recommençante, dans le trouble, dans le mensonge, dans l'effroi, dans la galopade des passions. Comme je vous dois quelque chose, à vous, quelques larmes du passé sur mes yeux depuis si longtemps secs, et le parfum reposant de votre pureté, et l'affection d'un cœur frêle, tout d'amour souffrant et de fidélité sans calcul — je paie ma dette, en vous donnant mon secret, qui m'absoudra. Je ne suis point Mᵐᵉ Tscherkof. Ma situation dans le monde, le respect de ce monde, mon luxe, mon orgueil, — duperie, tout cela, duperie! La vérité? Elle est en un mot très bas et très noble, mot de trouble et de révolte, de mépris et de grandeur, que la pusillanimité des classes assises correctes à la face des lois et des préjugés prononce avec quelque inquiétude : « aventurière ». Je suis une aventurière; telle je naquis, telle je fus, telle je resterai, jusqu'à l'oubli. On voit le jour, petite, avec ces destins-là; il est vain de prétendre s'en affranchir. Voulez-vous la terrible vérité, toute? Je ne l'ai point tenté. Comme il est des êtres voués à l'esclavage, il en est que le tumulte accueille à bras ouverts. On patauge dans la joie, dans le sang, ou dans le vice. C'est inéluctable et les résistances sont des chagrins de plus. Mon sort était dans ma race — et pourtant ma race est d'en haut. Un de mes frères est en Sibérie : il avait fait œuvre de justice, par le poignard. Un autre s'est percé le cœur d'une longue épingle d'or dont il avait crevé les yeux de l'infidèle. Moi, l'Orient me rejette à l'Occident, qui me rejette à l'Orient, de luxe en luxe, de drame en drame. La dernière fois, j'ai trompé jusqu'à la dérision suprême la Ville de mensonge et d'hypocrisie. Tout cela s'étonnerait fort d'avoir été à mes pieds, pourtant cela fut à mes pieds et rampant. Vous le voyez, je venge et je souffre. Aujourd'hui, je souffre. Soit !

« Ce qui m'arrive, après tant d'autres heurts, était prévu. Mon sceptre était suspendu à un fil. Je le savais. Je savais l'implacable mal dont était atteint Tscherkof, et que, d'un jour à l'autre, je m'écroulerais dans cette mort certaine. Vous savez comment je l'oubliais : mon poison... mes folies.

Mais enfin j'étais préparée. L'œuvre est accomplie. Demain les augures sinistres qui devaient me chasser, envahiront la maison. Ils n'auront point la peine d'arracher l'être cher à mon affection. J'aurai poursuivi ma route vers d'autres étapes. Aventurière, je m'en retourne à l'aventure, comme il sied, et mon faix n'est aggravé que d'une nouvelle haine contre la société. C'est peu de chose dans mon sac de bataille. D'autres jours luisent pour moi, des jours à l'aube rouge. Me voici de nouveau au bras de Satan, — et nous cheminons. C'est mon rôle. Ne pleurons pas sur moi.

« Mais il y a vous, pauvre petite Magd. Et en pensant à vous, pour la première fois, je me retourne vers ma fatalité, et je la maudis. Il y a dans l'âme des femmes des fibres communes qui vibrent au même toucher. La vraie pureté, les saintes beautés du cœur, sont sacrées, même pour la révolte. Pour vous, ma pitié se lève, pour vous je suis bonne. Et dans ma défaite, je pense à vous.

« N'est-ce pas, je ne puis songer à vous traîner vers mon enfer. Ces crimes-là, les gens purs, la société constituée et normale, se chargent de les commettre. Moi pas.

« Or, comme moi, vous n'êtes rien chez M. Tscherkof. Tout à l'heure, on vous ouvrira les portes. Vous serez dans la rue! Vous ne savez pas tout ce qu'il y a dans ce mot! Je n'ai jamais tremblé : ici, je tremble!

« Vous n'avez pas de famille. Et celle que vous avez est de trop. Où que vous vous tourniez, c'est le vide! Et puis, écoutez-moi : les correspondances avec le mystère m'ont faite prêtresse du malheur. Je sais les destins. J'ai lu le vôtre, dans votre passé, et dans votre âme délicate. Eh bien! méfiez-vous! vous aussi vous êtes faite pour laisser un peu de votre cœur saignant aux ronces que vous n'éviterez pas. Vous aussi, Magd, vous aussi! Prenez garde!

« Alors?

« Alors, voici : j'ai là quelque argent? Partageons. Vous trouverez dans cette lettre dix mille francs. Prenez-les, quittez tout de suite la maison de deuil, entrez dans la première église qui se trouvera sur vos pas. Franchissez la nef, allez droit au confessionnal, mettez-vous sous la protection du prêtre, et qu'il vous fasse entrer au couvent. Vous avez la dot. Mais, pour Dieu! ne vous arrêtez pas en route, allez à l'idée fixe comme je vais à la lutte. Pour Dieu ne vous arrêtez pas! Les embûches sont partout...

« Pour les âmes comme la vôtre, il n'est qu'un refuge dont les murailles sont infranchissables à la douleur. Je vous l'indique. Courez-y, n'hésitez pas.

« Enfant, j'ai rêvé, par une de ces nuits calmes où s'infuse un autre être dans votre être, l'être d'amour et de pardon que Dieu aurait pu faire de vous! — j'ai rêvé ce beau rêve : j'étais mère. Vous devinez à qui allaient mes tendresses, et combien j'en étais payée! Vous étiez douce comme vous l'êtes, et si belle, et si haute, chère âme de songe, que nos cœurs mettaient dans l'air un frisson d'idéal. Ce fut un bonheur infini. J'ai vécu pour lui toute ma vie, je crois. Il en valait dix. Je vous le dois. Je vous aime pour lui. Lointaine et palpitante sur mon calvaire de honte, j'en contemplerai les cendres, je penserai à vous. Vous, ne pensez jamais à moi. Je ne suis rien : un peu d'ombre, un peu de sang, poussière de géhenne. Donnez-moi, plus tard, une prière. Voilà tout. Adieu.

« SONIA. »

. . . .

Le prêtre? Il n'a pas voulu de moi. Retranché dans le demi-jour mauve du confessionnal, il m'a entendue avec inquiétude. Il s'est effaré à la pensée que la paix égoïste de son ministère serait troublée par cette enfant perdue et suppliante. Pour me sauver, il a balbutié quelques mots latins et des phrases faites. Il m'a absoute. Ainsi, paraît-il, se pansent les plaies des vaincus. Toute la charité du Christ à travers les temps a fini par se résoudre en ce pardon jeté à la souffrance. C'est trop peu.

Le prêtre? Il n'y a pas de prêtres. Il y a des hommes. Des hommes trop incomplets pour que, depuis le recul des âges, la parole de Dieu se soit répercutée aux échos de leurs âmes. Et Dieu même? Est-il tout de bonté?

En cet instant, je ne l'ai pas cru. Je l'ai nié, écroulée dans le chœur de l'église, sans prières, sans invocations. Pourquoi invoquer des symboles, quand les humains mêmes ne vous écoutent pas! Devant moi, saignante, s'est dressée la figure sublime de Jésus. Et je n'ai point prié encore. J'ai regardé ce large front blessé par les foules lâches et cruelles, ces yeux, au regard voyant en soi-même, qui ne s'étaient égarés sur le monde que pour y pleurer les inutiles poèmes de la charité et du martyre. Le monde n'en a point changé : il est resté ce qu'il était, la boue de l'Univers!

Près de moi, en larmes, une femme vêtue de deuil est passée. Je suis restée indifférente. Plus tard, un vent de ténèbres m'a frôlée : c'était ma proscription. Je suis restée indifférente.

Puis je me suis retrouvée dans la rue. Cette fois, sans aucun espoir. *Vœ soli !* Il neigeait. Des tourbillons âpres, emportés par une bise forcenée, suppliciaient la ville. Devant moi, le ruisseau de Paris charriait ma détresse. Détresse sans fin, venue des frontières invisibles de la douleur humaine et continuant, vers l'infini. Je suis restée indifférente. Le froid féroce m'a glacé les membres, déchiré le visage, torturée. Je suis restée indifférente.

Des hommes, au passage, se sont retournés sur moi. Pitoyables pour cette pauvre figure incrustée de ma misère? Non. Curieux, simplement. Vite, ils ont fui sous la rafale vers les logis chauffés où attendent, heureuses, des femmes, des mères, des amitiés. Rien n'excite la joie de ce qu'on possède comme d'entrevoir le drame de ceux qui ne possèdent rien. Quelqu'un s'est arrêté, pourtant, qui m'a dévisagée, a rôdé autour de moi, finalement m'a murmuré des mots étranges. Alors, j'ai quitté le parvis, et, longtemps, j'ai marché de rue en rue, droit devant moi, sans savoir où...

Seule.

Seule!

Il n'est que moi pour savoir ce que veut dire ce mot forgé d'épouvante. On n'est pas seule dans le désert. On n'est pas seule dans la nuit. Au centre des océans, sur une épave, on n'est pas seule. Il y a partout la grande voix de l'Univers, et le témoignage d'une autre vie. Dans le chaos céleste, il est toujours un astre qui daigne sourire au pèlerin égaré. A Paris, je fus seule, un jour de neige et de glace. Un torrent d'égoïsmes et de haines, des bêtes avides fuyant à la curée, des luxes distraits, des misères farouches, des murailles noires entre lesquelles s'élance le fleuve grondant des bas-fonds humains; de la boue!... de la boue! — une rumeur d'émeute et le gémissement lugubre qui vole sur les soirs de bataille; l'abîme dans la fournaise; le vide dans la foule; — au milieu de cela je fus seule, sans parents, sans amis, sans une pitié étrangère, — seule!

Tout un jour!...

A présent le soir est tombé.

L'âme a des forces d'acier. Mais le corps fléchit. Mon âme n'a cessé de vouloir : Meurs!

tu n'as qu'à mourir! Mon corps, au bout de sa résistance, s'est paralysé. J'ai cru que j'allais tomber là, sur la pierre. J'ai chancelé... Le tourbillon s'est fait vertigineux...

A cette minute, une pensée a jailli dans mon crâne. M. le Tramar... Oui... Peut-être ?.... Il y avait de la sympathie en son regard. Puis il doit être bon. Cela se voit, cela se sent. Il me conseillera, il me dirigera. Ce qu'un prêtre inconnu a dédaigné de faire, sans doute en prendra-t-il la peine, lui qui m'a vue, qui m'a témoigné de l'intérêt. Surtout quand il saura, — certes !

Et dans mon être brisé j'ai encore trouvé l'énergie de m'accrocher à cet espoir, comme le noyé s'accroche au roseau qui flotte; quand, tout près de la mort, il est si simple de s'y laisser choir.

XXXI

Je n'omis rien. Le poème triste de mon enfance, tel que je vous l'ai conté, Jacques, avec ses minuties, ses sensations d'abîme, son thème de fatalité mauvaise; l'histoire de cette orpheline jetée au précipice de la vie, rebondissant de rochers en rochers, laissant à toutes les aiguilles du granit un peu de son âme, semence de douleur. Les sursauts romanesques — si tristement, hélas! de cette existence à peine commençante et vouée, dès le berceau, à une marche errante à travers les déserts dont l'horizon s'efface toujours. Et mes relais sur ce chemin d'affres, les coins de ciels bleus entrevus pour goûter mieux les lendemains âcres : Sœur Irène, les heures mystiques, les isolements berceurs comme des sommeils d'Orient, les communions avec le silence, l'amitié, inégale, mais si enveloppante pour mon dénûment, de Mme Tscherkof. Et le désastre final... la fin de tout... La lettre... la neige... l'église... la rue... la fin de tout! Enfin, le mouvement, impulsif qui, à la seconde précédant l'épilogue fatal, m'avait amenée ici...

Et j'attendis.

M. de Tramar m'avait écoutée, très pâle, et je l'avais vu suivre, par une crispation des traits, alternant de l'angoisse à la stupéfaction, mon récit entrecoupé. Sur mes derniers mots, il resta songeur, murmurant comme en un soliloque :

— Je fus l'un des seuls à éprouver l'inquiétude de cette femme étrange. Je n'ai point deviné, mais j'ai pressenti, souvent... Il y avait du démon dans son atmosphère. Oui, je me rappelle avoir eu peur... Elle — qu'importe! Elle dit vrai, c'est sa vie!... Mais vous, — Oh! vous!... Pauvre enfant!

— Ah! m'écriai-je, ne parlez pas ainsi d'elle!... Mon plus grand déchirement est de la perdre, comme j'ai perdu tout ce qui m'aimait un peu. Si vous saviez ce qu'il y avait en elle de grandeur et de bonté!...

Il me fixa longuement.

— J'ai le cœur en miettes! dit-il, sans répondre à mon exclamation.

Il était extraordinairement troublé, marchait de long en large, le front baissé. Un silence pesa. Une détente nerveuse, à présent, m'abattait; les derniers ressorts de mon énergie s'étaient cassés. Et, insensible, je laissais vaguer mes regards autour de moi, des regards sans vie. Dans cet égarement, le reflet brillant d'un objet les arrêta. Sur la table, à portée de main, une arme gisait, le canon allumé au rayon des bougies. Dès lors, cette arme me fascina, non que j'eusse réfléchi au repos qu'elle celait — je ne réfléchissais plus à rien! — mais parce qu'il est certains objets dont le caractère se confond étroitement avec les états particuliers de notre âme, et qui nous attirent alors invinciblement. M. de Tramar surprit cet arrêt de mes yeux. A son tour, il regarda l'arme, et cette vue lui donna un soubresaut comme s'il s'éveillait d'un rêve. Il eut un geste prompt, saisit le revolver et le jeta dans un tiroir. Puis, il reprit sa marche, plus nerveusement :

— Voici, fit-il soudain. J'ai pesé les nuances terriblement délicates de cette situation. Il est impossible que vous restiez ici chez moi, une heure de plus : ce serait vous compromettre, vous perdre à tout jamais. L'indiscrétion qui naît des hasards de Paris porterait sa médisance jusqu'à la retraite où vous voulez entrer... Cela, j'en réponds. Nous sommes ici au cœur des convenances que rien ne supplante, même la loyauté, — et qui gangrènent tout, qui ne laissent aucune place aux sentiments les plus droits. D'un autre côté, je ne voudrais pour rien au monde vous mettre sous la garde d'étrangers, où vous trouveriez plus isolée que jamais, — et dans quel moment, hélas! celui où plus que jamais vous avez besoin de sentir que tout ne vous abandonne pas, que vous n'êtes pas seule... Car vous n'êtes pas seule — redit-il avec un accent si affectueux qu'une émotion très douce me réconforta.

— Vous n'êtes pas seule...

Il s'interrompit, se pressa le front d'une main fébrile, comme pour rassembler des idées qui se dissolvaient, puis continua !

— Dans les environs de Versailles, j'ai un pied-à-terre, où je me trouve seul, de loin en loin... quand j'étouffe... On est à l'abri, là, de la fièvre... et du mal... Je crois que c'est notre seule ressource... Vous sentez-vous, après cette effroyable journée, le courage de faire une heure de train ?... Il le faut !... Nous partirons tout de suite... Je vous confierai, en cette demeure de paix, aux soins d'une vieille brave femme que je sais... Vous prendrez là le repos qui vous est indispensable, vous pourrez envisager avec plus de calme le parti que vous avez à prendre... Peut-être pourrions-nous trouver une branche de votre famille plus clémente, et plus digne que celle dont vous avez souffert... Le couvent ! savez-vous que c'est atroce ?... qu'il est atroce d'enterrer ainsi votre jeunesse quand, peut-être, vos souffrances mêmes auront ému la justice immanente, quand un tout autre avenir vous guette, sans doute, que celui que vous présumez !... Enfin, vous aviserez... S'il n'est d'autre solution, je ferai les démarches nécessaires... L'important, tout de suite, est que vous vous remettiez en état de lire moins nerveusement dans les choses, de surmonter l'abattement où ce dernier coup vous a précipitée !... Que vous soyez aussi en sûreté contre les petites conspirations de mon monde, qui observe et commente, professionnellement, mes faits et gestes... Partons ! si vous en avez la force !...

— Ah ! fis-je, découragée, ce n'est pas assez de mes tourments ! Il faut encore que je jette le trouble dans votre existence !

Il eut un sourire amer :

— Le trouble !... répondit-il, avec un accent singulier. Hélas ! non ! Rien ne saurait jeter le trouble dans une existence troublée !... Et si vous saviez que votre présence y met, tout au contraire, une clarté !... Elle me rend utile à quelque chose au moment où je m'y attendais le moins. En me demandant un peu d'aide, vous m'affirmez que j'existe encore, je m'en doutais si peu... Venez, et dites-vous que celui de nous deux, qui se trouve l'obligé de l'autre, c'est moi !

Mon regard surpris l'interrogeait incon-sciemment. Il détourna le sien. Et pour couper court :

— Nous n'avons que le temps de sauter dans un train pour ne pas arriver trop avant dans la nuit.

Quelques heures plus tard, je me trouvais dans une toute petite maison de campagne, très simple, très close, tout animée d'un grand feu d'âtre, aux brasillements clairs. Autour de moi, une vieille campagnarde multipliait ses attentions. M. de Tramar était parti pour Versailles : il viendrait le lendemain, me voir. Et j'avais, au bout de cette journée effroyable, un sentiment de résurrection, la quiétude naïve du miracle, une trêve de pensées, une déconcertante interruption de vie... Seule, en cet envahissement d'ombre, passait une vision horrible : Sonia, la vaincue, ma morte, dont le souvenir saignait sur mon cœur écrasé !...

XXXII

Et maintenant, Jacques, il faut que je vous dise un conte étrangement humain :

Imaginez un homme qui, ayant passé la quarantaine, voit soudain, au bout de son existence consumante et vaine, se dresser un mur blanc. C'est la frontière extrême de sa vie. Au delà, rien — des brumes... Le silence s'est fait. Il se retourne, angoissé : la route est dénudée. Des silhouettes s'enfuient à l'horizon, estompées. Du reste, son regard affaibli ne va plus jusque-là, et tout ce qu'il voit est du vide.

Ceci n'est que le symbole de presque toutes les existences parisiennes, dans un certain monde. Jamais il ne fut plus frappant qu'en ce cas. M. de Tramar a vécu dans ce que Paris a de plus futile et de plus effréné. Il avait un titre et de la fortune. Il eut donc des amis et des chevaux de course. Tout ce qu'il faut pour être à la mode, c'est-à-dire pour se partager entre les salons, le turf, les cercles et les cabarets de nuit ; pour égrener un chapelet de jours factices et laisser une parcelle de soi s'éteindre avec chaque nuit de fête.

Cet homme a un vice. Le jeu. Vice invétéré ? Peut-être point. Mais il est une loi vitale qui veut un but à toute activité consciente. Il faut que cette activité soit absorbée. Quand elle ne s'use point dans le travail, elle se fatigue dans une passion. Et de toutes les passions, le jeu est celle qui remplit le mieux ce but, car elle concentre tous les principes de combustion, physique et morale. C'est une liaison dangereuse. Elle hante l'esprit et flagelle le corps. De ses mystères naissent les émotions les plus violentes qui puissent angoisser l'âme humaine : elle a les coquetteries des amantes fatales et les joies malsaines de la fortune abondante. Étreint par elle, l'homme se trouve continuellement en face de l'énigme et les plus forts s'y abattent, le cerveau vidé, la chair mortifiée. En somme, elle est une roue infernale ouvrée par le hasard pour les inactifs et les luxueux, dont elle utilise les énergies sans objet.

Ce que la femme est pour les sensuels ; la science pour les savants ; le trafic pour les gens d'affaires ; l'art pour les inspirés ; l'inconnu pour les explorateurs ; l'amour pour les poètes ; — le jeu l'est pour les incomplets qui sont à la société comme la dorure à la tranche des livres, et qui ne sont assez sensuels, assez savants, inspirés, explorateurs, ni assez poètes, pour remplir leur vie d'une fonction définitive.

Mais toutes les passions ont leur épilogue fatidique, mesuré à la violence de ces passions mêmes. La plus exaspérée de toutes, le jeu, s'achève par des désastres qui, vus à la lentille dégrossissante, sont assez comparables à la défaite finale des conquérants, défaite qu'ils pourraient inscrire d'avance en leurs commentaires sans crainte d'être démentis par la fatalité.

Si attristant que ce soit, ce n'est plus du drame, c'est de la logique. Logiquement, le personnage de ce conte a quitté le tripot, un matin, ruiné. Ruiné comme le suppose sa situation mondaine. Ce qui serait ailleurs le patrimoine d'un paisible est ici la ruine. Quelques mille louis ne sont rien à celui qui n'eut de métier qu'à tenir aisément les rênes d'un attelage à quatre, à garder grande allure, et à sabler d'or son carré de tapis vert. Au bout d'un tel rôle social, ce n'est que dans les romans optimistes qu'on bâtit un refuge de la douleur, d'ascétisme et de repentir. Il n'est, à ces écroulements d'apogées, qu'une conclusion humaine : le suicide.

C'est plus qu'une solution, c'est une convenance. Chose épouvantable, le monde même, ce monde hypocrite et décadent, s'effaroucherait qu'on y manquât.

L'hypothèse d'une telle absence de tact n'est pas en cause ici. Le malheureux n'hésite pas. Il obéit à la dernière des lois auxquelles il fut fidèle. Il ne maudit pas la morale physique qu'il acceptait naguère. Il finira, comme l'exige cette morale, et aussi la plus autoritaire des nécessités, le songe creux de sa vie. Mais il est peu d'hommes qui ne commentent point la mort, à laquelle ils vont se livrer de gré. L'arme est là... Soit ! il mourra demain, après-demain, dans quelques jours — le temps de composer cette œuvre macabre d'ensevelissement du passé et de l'avenir, par laquelle il semble que l'on se drape soi-même du suaire, avant le suicide. Il mourra, soit ! mais non sans éprouver la rancœur suprême de cette fin, entrevoir les autres vies qu'eût pu lui réserver la Providence, hoqueter l'amère nausée de la sienne, et jeter un regard rétrospectif sur le champ dévasté où pas une affection, pas une illusion, pas une attache durable ne furent écloses. Moment affreux, d'un désordre inouï, — où la douleur d'avoir ainsi vécu hier domine la terreur de ne plus vivre demain.

C'est à cette minute unique, où s'amassent et se liguent, pour la dernière révolte, toutes les faiblesses de cet homme, qu'une jeune fille est jetée en cette agonie et l'interrompt, par un enchaînement de circonstances qui échappe à l'imagination la plus audacieuse et que la vie vraie seule ose forger !

... D'abord, il ne réfléchit pas. Il s'oublie pour vouer ses derniers jours à cette protection qu'une misère plus grande, plus faible que la sienne, sollicite de lui. Fait inattendu, il clôturera donc sa mission de vanité par un acte utile ! Il y pense, il se le dit. Et il ne s'aperçoit pas que ce dévouement le rattache à l'existence par un lien qui, invisible au début, prend corps, s'épaissit, se solidifie, jusqu'au jour, — vertigineusement rapproché par le paroxysme de sensations qui préside à cet avatar, — où, câblé par les formidables puissances de l'instinct, aucune raison ne pourrait plus le rompre.

Cette jeune fille, il l'aimait déjà. L'aimait-il ? Il avait éprouvé, sans s'en rendre compte, l'influence de ce fluide sympathique qui devance les affections profondes, par contraste avec les désirs immédiats et fougueux qui remuent la passion. Celle-ci éclate, dans un déchaînement de volontés ardentes ; les autres naissent et grandissent dans l'inconscience. Quand on les aperçoit, elles sont fortifiées et décisives. L'homme a ignoré d'abord, voulu ignorer ensuite la marche ascendante de son sentiment. Il s'est persuadé qu'il obéissait au devoir impromptu que le hasard venait de lui créer, — et que l'invincible à la fois et moelleuse attirance qu'il subissait n'était autre que cet instinct quasi-parternel — auquel se mêle, lointainement, celui de la propriété! — qui régit la protection que nous accordons à autrui. Parfois, pour répondre à des scrupules inarticulés et sourds, il s'est dit : « Ma misère de charité accomplie, je reviendrai à mes propres choses. Demain...» Des semaines ont passé; il s'est dit : « Demain... »

Demain! C'est l'hésitation. C'est la volonté vaincue. Ou plutôt, c'est la volonté absente. Dès lors, la simple impulsion reprend tous ses droits, jusqu'au despotisme.

Tout s'est fait complice, du reste, de cette impulsion. Tout l'a développée. L'endroit est délicieux pour renaître. Des arbres vêtus d'hiver, l'air vif et sain de la nature que respectent les civilisations proches, — des murmures d'horizons, une harmonie de coteaux aquarellés de nuances diaphanes, du bleu deviné à travers les brouillards, et la grande caresse des crépuscules lents. Et du silence! Oh! le silence! le silence qui semble fait de tout ce qui est doux et bon! le silence, cette pitié de l'univers! Lui seul, déjà, veut qu'on ne meure point. Il est un hautain défi à la mort, dont il garde toutes les séductions en nous permettant de les savourer! Le silence! l'espoir qui plane! Le silence! l'oubli de tous les règlements sociaux, des lois, des conventions qui, dans les agglomérations civilisées, dressent leur menace, à toute seconde, devant celui qui voudrait vivre selon lui-même...

La nature... les airs... le silence... le temps qui fuit... Complices, oui! Mais il est une autre complice, plus puissante encore. C'est celle qui ne sait pas, dont l'affection grandissante — cette affection des délaissés, pensive, et enracinée dans la glèbe tenace des exils douloureux du passé — réchauffe le cœur mort, édifie lentement les bases d'une vie nouvelle sur la vie brisée. Cette affection n'est pas de l'amour, mais elle emprunte à l'amour ses grâces inconscientes et ses charmes profonds de tendresse. Et des mois ont passé... Des mois! Et le malheureux, hier à sa fin, aujourd'hui rattaché à un

souvenir souriant que résume un être, ne compose plus que faiblement avec sa conscience, s'abandonne au fil de l'espoir, jusqu'au jour où un mouvement définitif d'égoïsme abolissant en lui le respect humain, il crée l'irréparable...

. . . .

... Et pourtant, je garde son souvenir, chèrement, j'enchâsse ce souvenir d'un cœur indépendant et fier. Il fut à ma réalité ce que vous avez été, Jacques, à mon rêve. Tout s'écroule, ici-bas, tôt ou tard. Il fut, lui, l'instrument involontaire du destin conjurant ma ruine, mais il le fut, — ô dérision! — en voulant tramer mon bonheur. J'oublie ses faiblesses, je ne sais que sa lutte forcenée contre les résultats de la faute. Il n'est de coupable que la vie.

XXXIII

Trois ans après...

« J'ai peur que vous ne soyez pas faite pour la vie... Vous avez trop de cœur... Vous êtes trop sensible... Avec ces qualités-là, on traverse l'existence comme un enfer... »

Voici la phrase d'adieu de sœur Irène qui me chante à l'âme sa prophétie douloureuse, tandis que je regarde renaître une nature vierge, s'éclore une vie nouvelle, ardente et joyeuse. C'est une après-midi de printemps. Les glycines s'échevèlent aux treillis du jardin. L'air filtre des ors roses. Des nappes vertes s'étagent de vallée en vallée, vers un soleil qui resplendit. Il y a sur la terre une extase. Il tombe du ciel un sourire.

« ...On traverse l'existence comme un enfer. Veuille Dieu que je me trompe! »

Tu ne t'es point trompée, sœur Irène, ma sœur, petite sœur de Dieu! Tu ne t'es point trompée... L'invisible chaîne du Destin s'est forgée pour moi de toutes les misères de l'âme. J'ai été de tombe en tombe. En voici une encore qui s'ouvre... par ce printemps radieux... Là, dans cette chambre voisine, un homme se meurt depuis deux mois. Cet homme était toute ma famille présente, et toute ma vie : longtemps — car c'est beaucoup, n'est-ce pas, pour moi, quelques semestres d'oubli — longtemps il avait, de sa tendresse aboli mon passé saignant, et résumé mon avenir. Il eût pu être mon mari, mon soutien, mon repos; donner une destination à mes instincts de dévouement et d'amour, me faire une famille, me créer une raison d'être... Il se meurt, là, à côté de moi.

Nous avons souffert ensemble, l'un pour l'autre, pendant trois ans. Nous avons été pauvres, et, au milieu de cette pauvreté, j'ai entrevu le bonheur de vivre. Il a lutté avec les exigences brutales de l'existence; pour moi il a voulu se bâtir un lendemain nouveau. Il a travaillé avec une énergie simple et fière. Nous avons vu pointer l'aurore. Mais un soir, il est rentré frissonnant, l'œil fiévreux. Et il se meurt, là, à côté de moi!

Sœur Irène, tu ne t'es point trompée! Hier, tandis qu'écroulée à son chevet j'écoutais, devant cette agonie, le bruissement clair du printemps en éveil, il me regardait longuement, avec la fixité profonde de ceux qui vont mourir. Dans les angles de son visage émaciés'incrustait une douleur terrible. Peu à peu, ses yeux s'égaraient. Ses mains, sur le drap, se nouaient.

— Magdelaine!... Magdelaine!... Vois-tu..., je vais mourir!

— Je vous en supplie, mon pauvre ami, chassez vos idées noires. Je vous assure que vous allez mieux... le médecin m'affirme que vous serez guéri bientôt... bientôt...

— Non!... il ne faut point tromper... les hommes comme moi... Je sais que je suis condamné, que c'est une affaire de jours... Oh! tais-toi! Ne proteste pas, tu augmentes ma peine... Je vais mourir, Magdelaine, et c'est affreux!... Cent fois la mort, mais pas une mort comme celle-ci;... avec mon remords... le vide effroyable auquel je te jette... Écoute... écoute...

Sa voix était devenue tout à fait courte, sifflante, et, hagard, il faisait des gestes désespérés pour se soulever un peu.

— Écoute... je vais enfin te dire pourquoi si souvent, jadis, tu m'as vu si accablé, si abattu, si sombre... Les duretés de la lutte pour vivre?... Non! Toute misère m'était richesse près de toi... Non! ce n'est pas cela... c'est... c'est...

— Jean, calmez-vous! Taisez-vous!... Je vous en conjure! Il vous faut du repos! Mon ami! mon ami!... Ne parlez plus, dormez, pour l'amour de moi!

— Il faut que je te dise... Il le faut... Ce poids, là, sur ma poitrine, tandis que je me meurs, c'est atroce!... c'est atroce!... Écoute...

D'un effort inouï, il souleva son pauvre buste décharné, tendit la tête vers moi, et, homme dans un râle:

— Magdelaine... Je suis marié!

Puis, il retomba, vaincu; et, à présent, les yeux fermés, c'était une sorte de psalmodiement qui sortait de ses lèvres entr'ouvertes, une plaintive voix d'enfant, un souffle:

— Voilà pourquoi... pourquoi je ne t'ai pas épousée... Marié!... Je suis marié... une femme qui n'était point faite pour me comprendre... là-bas, dans ma province... un mariage de raison... Cela a duré un an... puis, nous nous sommes séparés de commun accord... Mais jamais, jamais elle n'a voulu divorcer... Pendant longtemps cela m'a laissé indifférent... Tu comprends, j'étais libre... Mais du jour où toi... Oh! Magdelaine, je te jure, j'ai tout fait... j'ai prié, supplié, menacé... Elle n'a pas voulu m'entendre!... Elle veut porter mon nom, a-t-elle dit froidement, jusqu'à ma mort... Alors, toi, vois-tu, Magdelaine, toi, ma vraie femme, ma femme... eh bien! tu es... tu es...

A nouveau ses yeux se convulsaient, il se débattait contre un ennemi invisible, essayait, par secousses, de se dresser.

— Tu es L'ILLÉGITIME!... Oh! je t'en supplie... ne pleure pas ainsi, Magdelaine, ne pleure pas!... Écoute... tout n'est pas perdu!... J'ai peut-être encore deux semaines... n'est-ce pas... je vivrai bien deux semaines encore?... Voyons, le ciel ne peut pas me refuser deux semaines encore!... Donne-moi du papier... une plume... que je lui écrive une dernière fois... Je vais la supplier!... Oh! la misérable!... Cette femme, qui n'a jamais été ma femme! Je n'ai qu'une femme, c'est toi!... Donne-moi... que j'écrive, te dis-je!... L'illégitime, toi!... Alors tu ne serais rien ici... on te chasserait, toi! toi, ma femme!... Non!... non! non!... Je les tuerai tous, je les tuerai tous!... que personne n'entre!... Arrière... Je dis que c'est ma femme! ma femme! ma femme! ma femme!

Il était effrayant, les poings tendus au vide, hurlant ce mot: « ma femme! » avec une rage mêlée d'une angoisse horrible.

— Jean! Jean! qu'avez-vous?... Jean!...

Il ne me répondait plus, convulsé, tordu. Affolée, j'appelai. Une garde-malade, qui reposait en bas, accourut à temps pour me recevoir défaillante, évanouie...

Depuis hier, il n'a pas repris connaissance. Le médecin, appelé, est parti en hochant la tête d'un air résigné. J'ai compris. Tout est fini. Tout est fini.

Sur la route passe une enfant joufflue et rose, les cheveux inondés de soleil, qui chante une romance d'allégresse. Un chemineau, tout à l'heure, est passé, chantant un refrain d'amour. La crête des bois chante doucement dans une brise tiède. Et tout chante... Tout chante au printemps. Là, à côté de moi, il se meurt. Tu ne t'es point trompée, sœur Irène, petite sœur de Dieu !

XXXIV

Oh ! ce râle, dans la nuit !... Ce râle profond et sourd... Non point le râle d'un mourant, mais le râle d'un mourant qui ne veut pas mourir. Oh ! ce râle !... Ce souffle qui vient de l'âme, cette plainte lente qu'entre-coupent, en saccades, des phrases de délire.

Et ces phrases... Oh ! ces phrases atrocement humaines, qui n'ont du délire que l'exaltation fiévreuse, et qui expriment le plus affreux des drames, le poème le plus saignant de la douleur et de l'agonie !

— Ma sœur... voyez-vous, c'est ma femme !... Je le jure !.. je le jure !... N'écoutez personne, n'écoutez que moi !... Vous, ma sœur, n'est-ce pas, vous me croyez, vous croyez un homme qui va mourir... non point les autres... les autres qui vivent et qui mentent, — qui mentent pour la torturer !... Oh ! ne me touchez pas, ma sœur !... Ma sœur, ne me touchez pas ; continuez de prier, comme vous faisiez tout à l'heure, et écoutez-moi... Vous direz à Dieu, et au monde entier, ce que je vous dis là : c'est ma femme, entendez-vous ? c'est ma femme... L'autre n'a rien de commun avec moi, non, rien de commun, rien, rien, rien !... Ne me donnez pas cela, je ne le boirai pas... C'est du poison que l'on m'envoie, pour que je meure... Pour que je meure et que le prêtre n'ait pas le temps d'arriver et de nous unir... Où est le prêtre ? Et le juge ? Je veux qu'il y ait ici un juge et un prêtre, pour que l'on sache !... Il faut, une fois pour toutes, en finir tout de suite avec ces mensonges... Ah ! je souffre, je souffre !... On étouffe dans cette chambre-là. Pourquoi toutes ces fenêtres sont-elles fermées ?... Qu'on appelle Magdelaine ! Magdelaine ! ma femme, viens !... viens !... Pourquoi t'éloignes-tu toujours ? Reste là... Je dis à ma sœur toute la vérité, toute la vérité ! Ma sœur, écoutez vite, car j'ai sur la poitrine un poids qui m'étouffe... Nous avons souffert ensemble, je ne savais rien... mais rien ! J'avais passé ma vie à jouer... Les

cartes, c'était toute ma science... Eh bien ! savez-vous ce que j'ai fait pour gagner ma vie ?... Demandez-le à Magdelaine... Dis-le, Magdelaine, dis-le ce que j'ai fait, quand il a fallu !... C'était dans une arrière-salle de brasserie... je tenais le livre d'un homme de courses et j'avais une commission... Il faudrait vous expliquer cela... Il y avait là des valets de chambre qui venaient jouer... Ils m'appelaient M. Jean... nous nous serrions la main. Cela m'était égal, puisque le soir je rapportais à la maison dix francs, vingt francs... J'ai gagné parfois cinquante francs par jour, ma sœur... J'étais heureux, je triomphais... Il n'y a pas à dire, je gagnais ma vie... Magdelaine ne savait pas, elle n'a jamais su... Elle croyait que j'avais une situation là-bas, à Paris !... Oh ! Paris !... ma sœur, Paris !... Je partais le matin, je disais à Magdelaine que j'allais à mon bureau... Je rentrais le soir par Versailles... Une fois, j'ai fait la route à pied, dans la neige... Il y avait eu de gros paris... J'avais dû rester tard... Plus de train !... C'est de cela que je meurs, voyez-vous... J'ai eu froid... Et voilà... Non ! Oh ! non ! ne me faites pas taire ! Je-ne-me-tai-rai-pas ! Tout cela vous prouve, n'est-ce pas ? que c'est bien ma femme ! Il ne faut pas que l'on vienne dire ici telle et telle chose ridicule... Donc, un prêtre, tout de suite... Je n'en peux plus... et le juge ! Où es-tu, Magdelaine !... Ah ! te voilà ! Te voilà toujours ! Tu ne me quittes jamais toi ! jamais ! Pourquoi es-tu si pâle ? Pourquoi pleures-tu ? Donne-moi vite l'écritoire ! je veux écrire que c'est toi ma femme et puis signer... J'étouffe... vite... Je ne puis plus me soulever sur ce lit de malheur... Il faut absolument me porter sur un autre lit... J'y mourrais, sur celui-ci !... Qu'on me porte !... Ma sœur, au lieu de prier, aidez Magdelaine... C'est affreux, ce poids... Avant tout, il faut écrire... L'important est que tout soit bien clair... Vous attesterez avec moi que Magdelaine est ma femme !... Sinon ! je ne veux pas mourir, je ne veux pas !... Oh !... je ne veux pas mourir... je ne veux pas mourir !...

Et le râle recommença, dans le silence...

Avec l'aube, ce fut l'agonie. Il s'éteignit au matin, les yeux dans mes yeux, qui n'avaient plus de larmes. Depuis une heure, je tenais ainsi serré contre moi son pauvre corps tellement amaigri, qu'il n'avait plus le poids d'un enfant. Ce fut ma vie que je vis partir. Jusqu'à la fin son regard implora quelqu'un d'invisible dont il requérait la justice. Et, dans un sourire que je n'oublierai jamais, il exhala le reflet de son âme reconnaissante et bonne, de son âme d'affection... Et ce fut tout.

Et ce fut tout.

Alors, il se fit en moi un vide immense où je tournoyai. J'étreignis cette tête douloureuse qu'un grand calme venait d'ennoblir encore; je baisai désespérément ce front sous lequel, jusqu'au dernier tressaillement de vie, une pensée avait frissonné pour moi, — et je lui mendiai la mort. Mon cœur soudain cessa de battre. C'était bien ma vie, notre vie qui s'en était allée... Et il me sembla que, par un miracle, il.......

CHAPITRE II

(Sur ces derniers mots, le manuscrit de Magdelaine, jusqu'ici net, d'un dessin fiévreux, mais sûr, — était taché de larmes. Et, sur l'encre fraîche, l'application d'une main avait embrumé le feuillet de traînées confuses.

La page suivante, d'écriture désemparée, était, elle aussi, étoilée de pleurs. Cette page, la dernière, recouvrait immédiatement un cahier de vélins minces, habillé de soie, et noué aux coins, bien distinct du manuscrit même.)

« ... Ah! Jacques, — mon adoré, — criait la page — Jacques, mon cher petit, qu'as-tu fait! C'est ce soir, mon amour, que tu m'as surprise écrivant cette histoire de ma douleur, et que tu as cru à je ne sais quelle félonie de mon malheureux cœur! Ah! enfant, triste enfant de Paris, toi aussi! Y aurait-il donc place dans ton âme pour quelqu'une des petitesses de la vie des autres, et cette âme n'est-elle point celle où je me suis blottie pour y rêver l'apothéose de mes souffrances? Pourquoi, mon amour, avoir jeté cette tache sur notre poème?

« Aussi bien, j'étais brisée déjà. Tu m'as achevée. Je m'arrête ici. Tu trouveras, ou devineras ce qu'il te reste à savoir de ma vie pour l'avoir toute, dans le journal que j'ai tenu, à partir de l'aube mortelle — dans le journal de l'Illégitime... Pauvres tablettes désordonnées auxquelles mon cœur sans confident a parlé quand il était trop plein d'angoisse ou de révolte, et, plus tard, vers la grande Fin, quand il était trop plein de toi, mon cher petit!

« Lis, comprends, — devine, te dis-je, et tu m'auras eue toute, Jacques, comme je

voulais être à toi. Toute, entends-tu? Et maintenant, adieu! adieu! Je ne puis plus. Adieu.... »

I

18 avril — Une maison vide, vide... Une maison vide, pleine d'ombre. Et dehors le printemps, qui monte toujours, plus ensoleillé, plus sonore, vers les moissons prochaines. Tant de vie sur la route des chemineaux de la route! Tant de mort sur ma vie de chemineau de la vie!

Que fais-je ici depuis un mois? Depuis un mois qu'elle est venue, la gent noire des écumeurs de deuils? Que fais-je? Qu'ai-je fait? Pleurer? Pas même. J'ai traîné mon âme dans cette tombe, et mes souvenirs. Mes souvenirs! Dérision! Je veux dire mes cauchemars! Le souvenir est aux heureux; j'ai, moi, le souvenir des maudits le cauchemar! le cauchemar!

Et je vis cependant. Et cela me semble étrange, surnaturel, de vivre encore, puisque l'on a emporté ma vie dans la caisse longue... dans la caisse aux résonnances effroyables... la caisse qui laissa, heurtée par des gens hâtifs, aux murs de l'escalier, ces cassures de plâtre que tous les jours je contemple longuement, le cœur déchiré. C'est tout ce qui reste de lui ici...

Oui, je vis, et c'est insensé. Car, depuis qu'il n'est plus, j'ai même cessé d'être femme, paraît-il. Cela me fut donné à entendre par un des hommes graves qui, alors, emplirent la maison. A mon cri : Mais je suis sa femme!

— ... illégitime! a rectifié cet homme en souriant.

Et ce sourire m'a donné toute la compréhension du mot fatal, du mot qui le hantait, lui, comme une épouvante. Et ce doit être bien coupable, en effet, d'être l'ILLÉGITIME, car c'est parce que je suis l'illégitime que personne dans ce défilé d'inconnus qui a fureté chez moi jusqu'au jour où l'on a tout enlevé, — personne, dis-je, n'a pris garde à ma douleur, — au contraire, j'ai vu plus encore de mépris que d'indifférence pour mon désespoir. On ne doit pas avoir pitié de la souffrance des illégitimes. Les illégitimes, je le sais aujourd'hui, sont des criminelles. Mon Dieu! quel crime ai-je commis ?

25 avril. — J'erre toujours dans la maison,

vide, pleine d'ombre... Hier soir, il s'est fait un répit dans mon âme. Accoudée sur l'appui d'une fenêtre, j'ai vu s'inonder le ciel d'une clarté féerique, et les coteaux, à l'infini, se sont plongés dans une lueur d'étoiles. Une paix grave est descendue en moi, et les thèmes des quelques tendresses éparses dans ma vie se sont doucement répétés dans cette symphonie de calme. Il m'a semblé voir apparaître, tout contre moi, nimbée d'argent, la diaphane silhouette de Sonia, telle qu'elle m'apparut le soir où s'égouttèrent sur mon clavier, les larmes lentes de la sonate de Beethoven. Puis aux dernières mesures de ce chant s'est mêlée la voix de rêve de sœur Irène psalmodiant cette prière touchante, si puérile qu'elle en est sublime, de l'abbé Pereyve : « Vierge sainte, au milieu de vos jours glorieux, n'oubliez pas les tristesses de la terre ; jetez un regard de bonté sur ceux qui ne cessent de tremper leurs lèvres aux amertumes de cette vie ; ayez pitié de l'isolement du cœur ; ayez pitié de la faiblesse de notre foi ; ayez pitié des objets de notre tendresse ; ayez pitié de ceux qui pleurent, de ceux qui prient, de ceux qui tremblent... »

10 juin. — Oui, c'est bien vrai ! Une épave ! Je roule à travers la vie comme une épave dans le courant. A présent me revoici à Paris. Sa famille m'a fait tenir un pli découvert après la rupture des scellés. La lettre de Sonia et l'argent de ma pauvre amie lointaine... Et me revoici à Paris !

Chaque jour il me semble m'éveiller d'une longue léthargie qui ne me laisse point encore toute conscience ; chaque soir, il me semble y retomber. Je ne vois point, j'existe. J'existe sans raison et sans but. Je n'ai plus la force de rien, pas même de souffrir. Je n'ai plus l'espoir de rien, pas même de mourir.

Et puis, que suis-je ? L'Illégitime... Oh ! ce mot qui me hante, — et cette chose !... Être l'Illégitime, la femme hors la loi, hors la société ! J'ai, à présent, lu, compris, et deviné toute la honte de ce mot, et toute la honte de ce fait ; j'ai su l'opprobre dont on la couvre, l'Illégitime. Et seulement maintenant, je savoure, jusqu'à la lie, l'immense amertume et la superbe insurrection de Sonia.

Illégitime, elle aussi. L'Illégitime vengeresse, celle-là. Celle qui relève le voile mouillé de larmes des illégitimes résignées, celle dont l'âme est trempée à la flamme de la révolte, pour les narguer, les lois de mépris, pour la railler, la société d'hypocrisie ; celle dont l'audace est assez fière pour s'armer, contre le monde menteur et lâche, de son aventure même !

Depuis que je sais... il s'est fait, dans mon cœur triste, une révolution étrange. J'ai trop longtemps plié les épaules sous les coups acharnés d'un injuste destin, et mes épaules se voudraient redresser, et mon cœur triste voudrait être un cœur qui gronde. Et il gronde. Et il est des instants où je me sens dépouiller mes pudeurs de sacrifice, mes résignations de faiblesse, — des instants où je me sens terriblement femme et où, moi aussi, je voudrais être une Sonia, pour faire une illégitime justicière de plus, une illégitime martyre de moins.

2 juillet. — De la lecture ! de la lecture ! je vis à présent tout le mirage de l'histoire et du roman, je lis jusqu'à oublier... Oublier les êtres et les choses, si je puis oublier... oublier que je suis l'Illégitime, non ! Car ici même, en ces pages que je dévore pour vivre triple et ne point vivre, — ici même je trouve partout la trace de cette mise au ban... Partout j'entrevois cette admirable pudeur sociale qui consacre, pour l'illégitime, la dégradation, et sourit à l'adultère ou au vice distingué comme à une mode élégante de privilégiés. Pour l'épouse libre, l'ostracisme féroce des gens, du code et de la religion ; pour l'adultère, la complicité empressée des uns, l'indulgente tolérance des autres. Je sais bien, désormais, ce que je suis : un être définitivement entaché, incapable de pouvoir se relever, — ce que l'on appelle, dans le langage convenu de l'honnêteté « une femme perdue »...

Une femme perdue. Alors ?...

Alors, puisque — illégitime sans courage et sans orgueil, sans défense surtout contre les dégoûts de cette vie — puisque vraiment je ne saurais faire une Sonia, j'irai quelques semaines encore, usant en charité les derniers élans de mon cœur, vers la fin inévitable, la mort qu'il faut bien se donner quand on est seule, au premier jour de misère...

10 juillet. — Dans un taudis, où m'a dirigée l'appel jeté dans un journal à la pitié publique — dans un taudis, une jeune femme du peuple, et trois petits êtres, dont l'aîné a bien dix ans, le cadet vingt mois peut-être ?... Des haillons, des corps si chétifs qu'ils en sont momifiés, et des visages dont un peintre ferait le masque dés privations et de la faim.

L'homme est mort — et depuis qu'il est mort, cette femme et ces petits innocents, agonisent. Les voisins, pauvres eux-mêmes, n'ont plus de pain à donner. J'arrive à temps.

Et j'apprends que la charité officielle ne s'est pas exercée en ce cas désespéré, en ce drame de misère si épouvantable qu'il ne me semble point possible au milieu des richesses de Paris. Vainement cette Maheude au masque effroyable a-t-elle pleuré, supplié, crié aux portes des Assistances publiques, pour qu'on sauve de la faim les petits, les petits qui souffrent... Vainement.

Pourquoi?

Parce que la Maheude au masque effroyable est une veuve illégitime, et qu'aux veuves illégitimes, ainsi qu'à leurs bâtards, la charité officielle ne donne point!!

Une veuve illégitime...

Comme moi.

28, juillet soir. — O mystérieux hasards de la vie, ô mystérieux hasards de Paris!...

Cette après-midi, traînant ma songerie dans les avenues désertes des Champs-Élysées, entre les guignols où ne fréquentent plus que les petits enfants pas assez héritiers pour ranimer leurs gorgerettes aux embruns de Bretagne ou de Normandie; — cet après-midi je suis accostée, à l'improviste, par un être attristant, vêtu de hardes élimées, le visage hâve, flétri de misère et de vice, où jaillissent, plus éclairés par le contraste des cheveux et de la barbe incultes, des yeux gris à la prunelle brillante, des yeux hallucinés d'absinthe et enfiévrés de privations. Et une voix rauque murmure :

— Des aquarelles, madame... Voulez-vous des aquarelles.. fort jolies... d'un méconnu... oui ! madame ! d'un artiste méconnu !... Des aquarelles exquises, s'il vous plaît !... Et pour rien ! De quoi payer mes couleurs..., et l'eau-de-vie pour les délayer...

L'homme rit d'un rire d'ivrogne et de phtisique. Mais je me suis arrêtée, car cet homme est un drame. C'est le drame de Paris artiste, du Paris qui rate parce qu'il est impuissant, malchanceux ou vicieux, mais d'un Paris qui souffre... Alors, en regardant les aquarelles, lavées par une main expéditive et habile sur des feuilles maculées d'ombres suspectes, — alors, j'ai vu autre chose.

Derrière le malheureux, affalée sur un banc,

une femme; dans les bras de la femme, un petit être quêtant, d'une main fébrile, un sein tari. La femme habillée de chiffons loqueteux, l'enfant langé dans les lambeaux d'un veston masculin. Et la femme me regardait avec des yeux d'angoisse, — elle fixait en moi la pâtée entrevue, le pain possible, probable même, de ce soir et du lendemain, et le lait pour le petit, et le repos d'une nuit pleine, une nuit sans souci.

L'homme perçut mon regard détourné de ses œuvres et arrêté sur la pauvresse. Il se retourna aussi, et toujours avec sa goguenardise sinistre :

— Ah! fit-il. Ah! ah! c'est l'Indienne, ma moitié, — et l'héritier présomptif de mon génie... Alors, Altesse, quelle aquarelle choisissez-vous?...

Mais je ne répondais plus. Car une impression foudroyante me laissait là, soudain, hypnotisée par les grands yeux noirs de la femme, ses narines un peu épaisses, ses lèvres roulées, son air d'enfant, cet air d'une souffrance étonnée et insouciante. Et ce mot: l'Indienne, m'avait tendue davantage, tandis que je voyais, je voyais très bien qu'elle aussi passait à présent par toutes les phases de son inquiétude, m'étudiait avec effort... comprenant, cherchant à se rappeler... Et soudain, le nom, son nom me fut soufflé par une force intérieure :

— Armande!....

— Magd !

— Toi!... comment! toi!... Toi! **Armande!**... Ah! pauvre chère amie !

Avant que, médusée, elle fût venue à moi, toute une vision d'enfance m'était regravée au cerveau, en images d'une netteté fantastique, et je revoyais Armande X.... là-bas... au couvent... au pays féerique du soleil et des douces ayas; Armande, la jeune fille de fraîcheur et de naïveté, type accusé de la créole impulsive et ignorante... Armande ! que je retrouvais, une après-midi de juillet, sur un banc du boulevard à Paris ! couverte de misère et accouplée à cette épave d'humanité !

— Magd !... Comment vas-tu ?... Vraiment, je ne te reconnaissais pas.. Il y a si longtemps... Et puis, nous avons changé, vieilli... Alors, tu es à Paris, toi aussi ?... Comment te trouves-tu à Paris ?... Nous, nous sommes un peu dans la gêne... Mais asseyons-nous là, s'il te plaît... L'enfant pèse... C'est un garçon, solide, un vrai gaillard !... Jules, ne t'effare pas; Magd, est u ami de pension.

Elle parlait à présent avec tranquillité, et, dans ma stupéfaction douloureuse, je retrouvais en elle, synthétisés, cette insouciance inouïe de la créole, son calme éternel, sa résignation inconsciente au milieu des culbutes les plus prodigieuses de l'existence. Les mots se figeaient sur mes lèvres :

— Ma pauvre Armande! ma pauvre Armande... comment en es-tu là!...

— Ah! oui, tu ne sais pas... Mon Dieu! c'est simple!... Tu te rappelles que mon père avait, avec le gouvernement, un procès, à propos de ses domaines expropriés à Pondichéry. C'est tellement compliqué que je n'y comprends rien moi-même... Bref, comme ça n'en finissait pas, et que nous commencions à être fort à court — ça coûtait une fortune, ce procès-là — un beau jour père nous a emmenées, Aline, ma sœur, et moi, et nous nous sommes installés à Paris. On a saisi de l'affaire les Chambres et tout allait être terminé à notre satisfaction quand père est mort d'une fluxion de poitrine. Du coup, la chose est tombée à l'eau, et le gouvernement ne s'est plus occupé de rien. On nous a seulement donné un bureau de tabac, à Aline et à moi, qui nous rapporte cent francs tous les mois à chacune... Entre temps, Jules Lélion, que voilà, était venu nous voir souvent à la maison, et je m'en étais éprise, de ce gredin-là... Alors, père mort, Aline est retournée dans l'Inde... moi, j'ai préféré rester ici... ET NOUS VIVONS ENSEMBLE. Tu vois comme les choses s'emmanchent bizarrement, et comme, de l'Inde, on peut se retrouver aux Champs-Élysées...

Pas une plainte dans ce monologue étonnant, pas un reproche à la vie ou à quiconque. Et Armande avait vécu son enfance parmi des prodiges de luxe! Un malaise me suffoquait devant cette naïveté, cette dégradation, ce dévouement et ce drame. Mais, volubile, elle continuait, toujours sereine :

— Lélion, vois-tu, a un talent!... Oh! si tu savais, quel talent! Mais que veux-tu, à Paris, on ne perce qu'après beaucoup de temps... Et puis, il a tant d'envieux!

Alors, comme il faut vivre, il vend ses aquarelles aux Champs-Élysées dans la journée, aux terrasses des cafés le soir. Moi, je le suis à distance, parce que je ne veux pas le laisser aller seul. Il faut te dire qu'il a un défaut : il boit... Alors, je tiens à être là, pour le retenir. C'est un grand enfant. Tant qu'il n'y avait pas le petit, ça allait bien... Mais à présent, il est lourd! et je suis quelquefois bien fatiguée le soir... Enfin, à la guerre comme à la guerre! Je ne t'invite pas à venir nous voir : ce n'est, pour le moment, pas très joli chez nous. Tu comprends, nous avons vendu tout le mobilier de papa dans les commencements... Il n'y a qu'un lit, deux chaises, une table... et c'est dans une cave, rue des Trois-Frères. Ah! par exemple! tu sais, j'ai gardé mon piano et ma musique. Beethoven, Schumann et Grieg me consolent quand Jules est méchant!... Mais, je babille... je babille... Et toi? Ah!... au fait... J'ai appris ton deuil, ma pauvre Magd!

— Ah!... tu as... balbutiai-je tremblante.

— Mais oui, tu as perdu ton frère, n'est-ce pas, à Tunis?

— Mon frère!!!

— Mais... je ne comprends plus... oui... comment ne sais-tu pas! Ton frère... Il était à Tunis... Papa l'a connu, je ne sais plus comment... Ils correspondaient... Papa a même écrit à ta famille... Ton frère te réclamait. Jamais ils n'ont répondu, de là-bas... Mais je pensais tout de même que ton frère avait fini par te retrouver... Il est mort, il y a sept mois environ...

Elle m'entendit bégayer quelques mots. Je lui donnai ma bourse et la quittai brusquement. Dans le fiacre qui m'emportait, je suis restée inerte, le crâne bouleversé par mille idées confuses, dont une seule martelait mon esprit avec insistance : « mon frère est mort à Tunis » — et je répétais sans cesse ces deux mots : A Tunis...

Et je n'ai plus la force, ce soir, de confier à ce journal, mon confident de silence et de mystère, ce qui se passe en moi : je souffre... Ah! oui! je souffre, d'avoir perdu ce frère que je ne connaissais pas; je souffre de n'avoir point associé ma douleur d'exilée à sa douleur d'exil; je souffre comme à l'aube même où il mourut; je souffre de tout voir s'écrouler autour de moi, tout, même ce qui ne m'a point approchée, même ce qui ne se rattache à moi que par l'espace et l'inconnu; je souffre ce soir, toute ma voie douloureuse, comme si j'en repassais, une à une, toute les stations; je souffre de ces romans étranges qui gravitent autour de moi en des circonstances brutales; je souffre d'avoir vécu et je souffre... Oh! que je souffre... d'être!...

3 août. — C'est, ce matin, comme un éclair illuminant l'à-vau-l'eau de mon existence. Je vais partir.

Je vais partir...

Trois mots d'une couleur étrange, trois mots musicaux, ces trois mots secs !... Je-vais-partir... quitter cette métropole, — aujourd'hui nécropole, fuir ces rues sans fin, ces rues où, mystérieusement, se meuvent tant de convulsions, commencent tant d'agonies, s'éploient tant d'invincibles ignorances, se perpètrent tant de crimes, s'exercent tant de lâchetés, s'édifient tant de gloires sur les décombres de tant de désastres. Je-vais-partir !.. Être emportée par des convois vertigineux, revoir la mer, le cirque formidable de l'horizon bleu.. Des vols de mouettes dans de larges espaces, le chuchotement des houles long et nuancé comme une cantilène, les nuits où il pleut, au loin, des astres, les nuits à travers et vers lesquelles on fuit dans une colonne de silence, et les aurores éclatantes, les jours de flamboyante lumière et d'air sonore... Il y tout cela dans ces trois mots : je vais partir.

Et ces trois mots me grisent. Et cette griserie n'est pas une joie mais seulement une griserie, la griserie de l'oiseau qui quitte sa cage pour mourir à quelque cime d'arbre, faute de nourriture, car je vais, comme toujours, je ne sais où, n'ayant rien nulle part. Je vais où fut mon frère. A Tunis. J'y serai comme je suis ici, ni plus seule, ni moins. Cependant, ce sera Tunis, la porte de l'Orient, et... Oh!... en finir avec au moins, devant soi, l'image d'une barbarie plus franche et plus pure, du large, de l'or dans le ciel, et sous les yeux, près des yeux, beaucoup de fleurs qui feraient penser à d'autres vies en oubliant sa vie, en oubliant la mort.

4 août. — Pourquoi ai-je décidé subitement cette fugue? Le prétexte : je veux savoir ce qu'était mon frère, recueillir de lui quelque relique, exister où il fut. Et ce me sera si triste ! si triste! Ainsi, je vais, spon-

tanément même, et comme si une fatale loi m'y attirait, — je vais aux pires affres lorsqu'elles ne viennent point à moi. Voilà le prétexte.

La vérité, c'est qu'elle est venue, l'heure... Et là-bas, il est peut-être un petit coin perdu de cimetière, où, enfin, je ne serai point seule...

6 août. — Les malles fermées. Ah! comme partout on laisse une parcelle de soi. Partout, même où il n'est rien. Je m'aperçois aujourd'hui, au moment de le quitter, que je m'étais attachée à ce petit appartement de la rue de Berri où je n'ai vécu que deux mois. Le cœur des solitaires accroche ainsi ses parcelles aux choses, aux choses placides et fidèles, attentives et muettes... Sur cette chauffeuse j'ai lu de longues heures, — c'est sur cette petite table aux marqueteries patinées par l'âge que j'ai, jour à jour, annoté mon journal; — ce vieux meuble qui cela les secrets galants de marquisettes et de petits abbés, les secrets noués de faveurs roses... — il a pris la garde, ce vieux meuble, des confidences grises de l'illégitime; il fut sournois en cachant des sourires, il a été grave en dérobant mes pleurs; et dans la soie de ces coussins, il est quelques traces pâles : les larmes de mes souvenirs.

Où irez-vous, petites choses muettes, mes amies de deux mois? Il me semble qu'elles me voient partir, et il me semble qu'elles sont tristes, après tant de mélancolies, de me voir partir. Où irez-vous, vieilles choses fidèles, petites choses muettes?...

Je vous dis adieu, doucement... et je me console de cet adieu en songeant qu'il va aussi, mais alors sombre et las, à la ville d'imprécations et de mensonges, la ville des triomphants adultères et des misérables illégitimes, — que je hais!

6 août. — La mer. La nuit. La nuit gronde. Un matelot vient, sur un ordre de la dunette, de me faire quitter le pont. J'entends les paquets de mer s'écrouler au-dessus de ma tête avec un bruit puissant et grave.

Tout à l'heure, au-dessus de l'hélice affolée crachant au gouffre des torrents d'écume, j'ai fixement regardé cette masse noire du bateau, cette masse épique coupant la tempête. Et ce m'a été, peu à peu, une vision apocalyptique, la vision dans un cauchemar, de ma dernière charrette...

30 août. — Je repasse les événements de ce mois. Ils se précipitent dans ma tête en foule désordonnée, et je ne comprends plus, devant ces successions étranges de faits imprévus, je ne comprends plus les desseins du bras mystérieux qui me guide, qui joue de moi comme d'une chose inerte parmi les jours et les heures.

Ainsi, il faut vivre! Donc, j'arrivais à Tunis pour y mourir, et il faut vivre. Il a fallu, pour compliquer mon roman de chutes au bout desquelles je me retrouve toujours droite sur mes ruines, il a fallu que l'orpheline, jetée depuis sa naissance d'isolement en isolement, héritât à l'improviste d'un frère inconnu, pauvre être comme elle, seul, arraché comme elle à toute affection... Il m'a laissé son foyer de solitaire, et le petit avoir lentement conquis au milieu des pénibles labeurs coloniaux, et des fièvres d'Afrique qui le tuèrent. Et, m'a-t-on dit, dans l'inconscience de son agonie, il a prononcé mon nom, il a parlé de moi, de sa sœur lointaine, qu'il n'avait jamais vue, avec la tendresse incohérente et balbutiante des désespérés, avec la tendresse enfantine et immense que l'on a pour les images de foi, les images invisibles que l'on aime parce qu'on ne les sait guère. Peut-être lui parvenaient-ils enfin, les cris de mon enfance, les appels jetés à l'autre orphelin dans les nuits sans échos; et peut-être l'entendait-il vingt ans après, la phrase machinale de la fillette meurtrie, la phrase sans suite, inutile, désolée et touchante : « Mon cher petit frère!... mon cher petit frère... » espoir et désespoir, espoir et plainte...

... La maison est petite, dans un écrin de palmiers, de platanes, d'eucalyptus, d'agaves, et regarde une Méditerranée de lapis. J'y suis immensément seule, immensément calme. Sans doute, la vie ne viendra-t-elle plus me prendre ici? Sans doute y pourrai-je mourir sans désastre, plus tard? Je ne sais. Je ne sais plus rien. Mais je rêve — et c'est toujours de la souffrance! — les réalités anciennes; je lis — et c'est du repos — les rêves des autres, je vois — et c'est de la paix — des nuits si belles qu'on ne voudrait plus de jour, des jours d'une telle splendeur qu'on appréhende la nuit, je caresse — et c'est de l'amour — un pauvre chien arraché, dans les ruelles de Tunis, à la brutalité des hommes.

Et j'existe...

II

26 juillet... — Il dort.
Ciel! qu'il a souffert aujourd'hui, et que

j'ai été torturée de le voir si amaigri; les dents claquantes, les yeux noyés de cette misérable douleur physique, qui ne devrait pas atteindre les hommes comme lui... Car il est tout âme. Pourquoi son corps souffre-t-il? C'est injuste, — c'est sot, — c'est inhumain!

Il dort...

J'éprouve, à le regarder dormir, une grande douceur. Comme ses traits, si fins! sont imprégnés de ce qu'il sent et de ce qu'il pense! Cette après-midi, j'ai surpris qu'il me fixait longuement, avec la bonté infinie de ses prunelles ardentes et douces. Et je ne saurais dire l'impression profonde que m'a causée ce regard... J'étais si seule depuis deux ans, ici, dans la maison. Et quand, espérant secouer la torpeur mortelle de mes souvenirs chaque jour plus impérieux, j'ai cru me distraire en allant à Paris, quelle impression de dégoût et d'horreur recueillie là-bas, en cette ville meurtrière qui me rappelait ce que j'avais souffert, tout ce que je voulais et ne pouvais oublier!... Ah! — et pourtant... et pourtant je ne regrette pas — oh! non! je ne regrette pas l'impulsion qui m'a menée là-bas, puisque c'est au retour de là-bas que je l'ai jointe, cette amitié inattendue!... Mon Dieu! sa respiration est sifflante. Pourvu qu'il ne se réveille pas... qu'il ne souffre plus, cette nuit...

Non, il dort. Je viens de me pencher sur lui. Il a les paupières bien closes. Les cils de ses paupières sont longs, très longs. Cela accentue, sur sa physionomie, cette expression de douceur... mon Dieu, oui, céleste, dirais-je... qui me trouble si étrangement. Comme il est beau, comme il est beau de toute sa pensée intérieure, aimante, résignée, et dédaigneuse!

Il dort. La petite maison, ce soir toute silencieuse, est bien exquise! Pourtant, rien n'y fut changé?... Ah! si, elle a un hôte!... Comme la nuit est caressante, comme il est frais, l'air qui vient du dehors. Ah! J'ai envie de pleurer, et pourtant je ne suis point triste... Peut-être est-ce l'énervement produit par ces quinze nuits de veille à son chevet?... Ah! je suis heureuse, ce soir, je suis bien heureuse!

Dort-il bien?... A-t-il un sommeil calme? Je vais voir...

30 juillet. — C'est la convalescence. Il est sauvé! Grand Dieu que j'ai eu peur! A présent la réaction se fait en moi, de ces quelques jours durant lesquels je me suis surmenée, et une lourde fatigue me rompt. Mais il est sauvé ! Dans quelques jours il aura repris toutes ses forces et sa vigueur... Alors, il...

Pourquoi hésité-je à l'écrire ?... eh bien ! oui, il partira, il...

Non ! ce serait mal à lui de s'en aller ainsi, tout de suite après sa guérison. Il sentira bien que ce serait mal. Au surplus, il en est incapable. Et puis, il faut qu'il travaille. Enfin, mille raisons font qu'il ne partira pas...

Pourquoi cela m'inquiète-t-il tant ? C'est que je voudrais bien m'employer à quelque mission de dévouement et d'affection. Il n'est encore que cela qui fasse vivre : le bonheur de soi n'est que le bonheur que l'on dispense autour de soi. Je voudrais lui servir de mère, de sœur, je voudrais...

Mais je suis folle, — folle ! Ne rirait-il pas, s'il lisait... Hélas ! ce n'est que l'ami d'un jour, l'étranger qui passe, et l'hôte fêté qui s'en va, avec l'adieu dernier du bout des doigts et des lèvres, vers d'autres mains tendues, vers d'autres seuils hospitaliers. Il rirait ! — Rirait-il ? Non. Non ! car il n'est pas comme l'humanité toute, car il est bon, je le sais, je le sens ; il est bon, et il est grand, toute son intelligence m'éclaire, c'est elle qui met dans la petite maison bleue de la délaissée, cette lumière grisante de bonheur mystérieux et clos, de joie intime, de volupté de vivre ! Oui, de volupté de vivre ! Je suis heureuse de vivre, je suis heureuse de... je ne sais pas, — je suis heureuse !

3 août. — Ah ! je comprends, j'ai compris, je suis folle, je suis ivre, je suis épouvantée, je suis fière, et mon cœur bat, et je tremble ! Je l'aime !

Je l'aime de toute mon âme, de toute ma force, de tout moi. Je l'aime comme je dois être seule à pouvoir aimer. Je l'aime de toute mon énergie qui fut inutile, de tout mon cœur qui ignorait... de tous mes yeux qui jamais ne virent un être aussi noble, aussi pur, aussi profond ! Je l'aime à crier à tous que je l'aime, — à crier que je l'aime à la mer, à l'espace, au ciel même qui m'a brutalisée et meurtrie ! Et j'aime la mer, l'espace, le ciel ! Je l'aime ! et c'est un sang nouveau qui coule dans mes veines, une chair nouvelle qui me fait frémir, un horizon nouveau qui s'élève à mes yeux, une folie qui m'ouvre la poitrine. Je l'aime, — je vis ! Je vis, enfin ! Et je n'ai jamais vécu ! Et je ne sais ce qui fut, ce qui est, ce qui sera ! Tout m'indiffère, il n'est plus de passé, il

n'est pas d'avenir, je l'aime ! je l'aime ! je l'aime !

4 août. — Et il m'aime !

Cela s'est fait ainsi, tout doucement, tout doucement... sans que nous sachions.

Peut-être ne sait-il pas, lui ?

Qui sait, je l'aimais peut-être déjà quand je l'ai deviné pour la première fois, à bord, dans la nuit d'émoi et de grandeur, où se ponctuait sa parole lasse et tendrement sonore, — et où, malgré l'ombre, volait une flamme de ses yeux lents. Et je l'ai aimé tous les jours plus, tous les jours plus, — car on ne peut que l'aimer. Et comme ils sont immenses, ces mots... aimer... amour... Je l'aime... et comme ils caressent ! Ils caressent comme son regard, ce regard dont il m'enveloppait tout à l'heure en dessinant mon portrait, un regard doux comme tous les miels, qui m'effleurait les yeux, les joues, les lèvres, la nuque, et qui faisait couler, goutte à goutte, dans mon cœur, de l'amour.

Ah ! que je suis heureuse, et quel bonheur complet, plus haut, plus infini que tous les bonheurs de la terre. Je voudrais revivre toute ma vie douloureuse.

Ma vie fut donc douloureuse ?

Je voudrais la revivre, pour ces jours que je vis. Peut-être est-il tel, mon bonheur, à cause de mon passé même ? Et, peut-être, nous, les souffrantes, sommes-nous les seules élues à cette extase inouïe ! Je la pénètre à présent, la phrase mélodieuse, la phrase qui devrait être dite sur une harpe... « Cœurs méconnus... enfants désavoués, proscrits innocents, vous tous qui êtes entrés dans la vie par ses déserts, vous qui partout avez trouvé les visages froids, les cœurs fermés, les oreilles closes, ne vous plaignez jamais !... »

Oh ! non, ne vous plaignez jamais, puisque vous aimerez un jour !

9 août. — Il fait de mon portrait un chef-d'œuvre. Il m'ignore, et il est inondé de mon âme. Ce n'est pas un portrait de femme, cette image, c'est, chantante sous la poussière subtile du pastel, la plainte de toute une vie de femme ; c'est un cantique, et c'est un défi, — c'est un dédain dans des yeux d'infini, de la douleur dans des lèvres de résignation, et ce n'est pas l'œuvre d'un homme, c'est une vision dans une lumière de génie.

Il a du génie. Il n'a que du génie ! — Ah ! qu'il a dû souffrir, et qu'il souffrira ! Je veux aller avec lui vers la folie embaumer les plaies qui l'attendent dans le sang le plus doux de ce qu'il y a de meilleur et de plus doux en mon sang. Je suis gonflée, en pensant à lui, de tendre maternité, de charité sainte, d'admiration et d'adoration! Il m'aime!... Tous ses gestes, tous ses mots, l'organe assourdi et ému de sa voix me le disent. Il sent aussi que je l'aime. Nous sommes comme des amants qui se seraient fait, il y a vingt ans, le divin aveu, et qui n'en auraient plus parlé depuis — en s'adorant. De la clarté tout autour de nous a jailli, une clarté immense et légère comme de l'éther, qui nous enveloppe d'une volupté plus intense, plus profonde et moins âpre que la clarté dure du soleil. Et tout est beau, même le mal entrevu, même les maux subis, même la haine éteinte, si nos cœurs, jamais, purent étreindre des ombres de haine.

Ah! cher journal de ma vie, hier écrit avec des larmes, comme je puis te dire des choses belles et vraies, comme te voilà splendide, — et comme je suis Reine!

. . . .

20 août. — . . . .
. . . . et ses baisers ont l'arome de toutes les fleurs, et ses étreintes ont la puissance ouatée des éternelles tendresses, et c'est le Rêve même, le rêve qui ne commence et ne finit, que d'être sa femme, sa maîtresse, son être d'amour, — et j'en suis fière!

. . . .

III

1er novembre. — Je suis seule. La lumière rose de la lampe est triste. Longtemps, ce soir, je suis restée le front collé à la fenêtre glacée, et il me semblait que sous mon front était mon cœur glacé. Un ouragan flagelle Paris Il passe, au-dessus des millions de lumières mouillées, un hurlement de rage et de mort. Des rafales secouent les bâtisses noyées, en masses gigantesques, sous la ténèbre et l'eau. Les vieux meubles tremblent autour de moi, le petit appartement a des gémissements sourds, et il y court des rumeurs d'effroi. J'ai vu, tout à l'heure, glisser sur le pavé des lueurs sanglantes, et sur les lueurs de sang glisser des ombres de misères. J'ai eu l'âme bien, bien glacée, comme mon cœur était là, sous mon front. Mais j'ai été calme dans la terreur qui crie partout, qui crie sur cette ville écrasée de nuit et d'orage. Et c'est parce que, ce soir, je suis calme, que je vais écrire LA DERNIÈRE PAGE de mon journal.

C'est à toi que je l'adresse, cette page, mon amant. Tu ne la liras jamais puisqu'il va, ce Journal, partir avec moi, et qu'une flamme achevant ses cendres agonisera pendant mon agonie. Je veux, dès demain, t'écrire le roman de mon âme, ailleurs et sur d'autres pages neuves, faites pour toi. Mais ceci, qui fut pour moi, je veux le garder comme on garde son corps et son mystère. Pourtant, c'est à toi que je parlerai dans cette dernière page, pour bien te témoigner, dans le secret et dans l'infini, sans même que tu le saches, — pour bien te témoigner à moi-même — combien tu étais en moi, combien tu étais le sang de ma vie, et combien c'est parce que je t'aime que je meurs.

Je vais te dire cela bien simplement, mon être chéri. Bien simplement, sans mots et sans phrase, — et vite. Car il ne faut pas attendre que viennent les mollesses et les larmes. Je n'ai, ce soir, ni larmes, ni mollesses. J'expie et j'explique. Et c'est simple comme la vie même, qui, si étrange et si compliquée qu'elle soit, est toujours logique et simple. La preuve c'est qu'il m'a fallu si longtemps et tant souffrir pour être enfin si heureuse, et si heureuse, ô mon Dieu! qu'aujourd'hui même je ne suis pas malheureuse, — et que je suis heureuse!

Après notre poème de Carthage, ces trois mois — qui furent trois vies — d'amour unique et sublime, j'ai consenti, sans réfléchir, et parce que cela devait être, à être ton Illégitime. Car, à Paris, dans les poèmes d'amour les plus purs, il y a cette chose qu'il n'y a pas à Carthage et dans la nature et dans l'espace — où il n'est que des Amants — il y a une Illégitime. Et, d'être ton Illégitime, cela m'était égal, cela m'était encore, et surtout, un bonheur immense, — parce que mon amour pour toi, et moi-même, étions au-dessus des lois de la terre; mon amour, parce qu'il était l'Amour, et moi, parce qu'ayant vécu, pâti, et pleuré, — j'aimais. Toi, trop grand, trop poète, trop noble et trop beau, tu ne savais même point, en ton génie, qu'il y eût des mariages et des illégitimes, et tu ne savais qu'une chose aussi: que tu m'aimais.

Mais nous étions dans la Ville, — et cela c'est inéluctable, elle était plus forte que nous, plus forte que notre amour, comme elle est plus forte que tout. Alors, il est arrivé des choses... des choses et des choses... qui ont mis, dans nos âmes confondues, un poison discret et lent, un poison de raisonnement, d'une action permanente et sûre.

J'ai vu les luttes superbes et sombres, les luttes affreuses et vaines de ton talent contre la cécité du monde. J'ai vu ta pauvreté, j'ai contemplé la mienne. J'ai réfléchi, — voilà le poison. J'ai réfléchi sur ceci ; que j'aurais voulu te donner de l'or, des monceaux d'or, pour que tu puisses tout mépriser, tout haïr, tout tuer, pour que tu puisses imposer ton génie à la masse imbécile et lâche, non point à force de patience, de tristesses, de privations et d'humbles souffrances, mais avec audace et brutalité, l'insulte aux lèvres, le fouet aux mains! Moi, l'éternelle résignée, j'ai voulu pour toi les représailles féroces et les revanches triomphantes. Et j'ai réfléchi que j'étais pauvre... que j'étais inutile. Le poison agissait...

Puis, il est arrivé cela, — qui était la fin de tout, mon amour... Et c'est cela surtout que je veux te dire simplement... J'ai su que j'étais enceinte. Alors, j'ai fréquenté des tumultes inouïs !... J'ai adoré, — toujours en toi ! — l'enfant qui me naîtrait de toi. Puis j'ai réfléchi encore : je me suis dit qu'il serait, cet enfant, l'enfant de l'Illégitime, bâtard malheureux et flétri, — ou, sinon, qu'il faudrait jeter entre nous des liens qui ne pouvaient être tissés au sein de notre religion sans nous faire retomber sur terre, sur un sol mesquin et odieux, — des liens qui nous eussent attachés l'un à l'autre par-dessus un abîme... La proscription de l'enfant ici, — là notre exil. Au bout de tout, du malheur, de la désillusion, une hideuse chute, de nos hauteurs d'idéal, dans les bas-fonds de la vie humaine.

Et j'ai enfin deviné qu'il y avait une seule issue : qu'il fallait que je parte, et qu'il fallait que je meure. Que j'avais, dans un coin de notre maison bleue, une minuscule boîte de verre, contenant deux perles noires, deux perles noires dont la deuxième est un sommeil extatique... Que tu ne m'oublierais jamais. Que tout cela serait un amour immense et sans une tache... Que tout cela serait un amour immense et un grand drame dont ton génie ferait un jour une chose immortelle, dont ton âme garderait un parfum unique.

Et j'ai été très décidée et très calme. Je suis très calme, très heureuse, mon amant adoré. Demain je vais commencer de t'écrire mon symbole, je vais longuement et voluptueusement boire tes yeux, et dans quelques jours je partirai pour Tunis. Tu vois, je suis très calme, — et très heureuse!

L'orage s'enfle au dehors. Il semble que la ville se courbe, brisée, hurlante, meurtrie, en chienne battue, sous la nuit. Et je souris à ton image, ô Jacques, — à ton image empreinte, si douce, si toi, dans mes yeux désormais embués d'éternité.

TROISIÈME ÉPISODE

Sous la signature d'un vétéran des lettres — le *Courrier de Paris*, dont suivent des extraits, fut publié récemment par un journal littéraire en renom :

« ... Encore un ! Le mal du siècle nous les enlève tous, comme, d'un souffle menaçant, l'âpre haleine de l'hiver arrache aux noirs squelettes des platanes dépouillés, les dernières feuilles grelottantes, et les accompagne dans leur tournoiement vers les brouillards glacés du ciel, de son cantique plaintif et sinistre...

Encore un ! Car un à un ils s'en vont, fraternisant avec la Mort ou la Folie, leurs dernières maîtresses, celles qui vous restent fidèles et qu'on n'abandonne point... Un à un, sinistre exode des intelligences épuisées, dans le corbillard de l'Époque... Un à un, pauvres âmes comme les roses écloses au sourire d'un matin de soleil, dont l'éclat suait la sève et la vie en rosée scintillante, et qu'un autan jeta bas, effeuillées et lugubres, dans le vertige d'une heure à peine !... Un à un, dans la suite des jours moroses, nous les conduisons à la fosse ou au cabanon, nous, les vieux, d'un autre sang, d'une autre race, dont le siècle finissant paraît dédaigner la robustesse : car le siècle finissant est ironique autant que macabre : il nous laisse debout, sur la brèche, derniers représentants de la vigueur des temps révolus, et il enterre nos fils après les avoir empoisonnés de sa décadence; ainsi jouissaient les nobles hétaïres de l'antique, en versant dans la coupe qu'elles portaient aux lèvres de leurs amants la liqueur fatale sécrétée par un joyau de leur diadème.

. . . .

Celui-ci était un triste : son premier tort fut de trop penser : la pensée est un gouffre où s'abîment les imprudents dont les yeux s'égarent vers l'infini de ses tréfonds. Jacques Nordèz pensait toujours...

Je le connus comme on se connaît à Paris : par le hasard d'une présentation, au cercle, qu'il ne fréquentait guère, du reste. Tout de suite, son air méditatif me surprit, m'attira. Je le pris à part, nous échangeâmes des idées : les siennes étaient d'un rêveur et d'un artiste passionné qui voulait pousser jusqu'à la traduction de l'abstrait, le génie de son Art. Il voulait que son crayon eût la puissance d'évoquer l'Infini, l'Ame, le Songe, — ... tout ce qui peuple nos sommeils et nos contemplations, tout ce qui n'a point de forme, et — disait Nordèz — tout ce qui pourrait en avoir une, si l'hallucination d'un artiste était assez intense pour la lui donner, comme l'Évangile décrivit Dieu...

J'ai le mépris de moi-même en me rappelant que ce misérable esprit de raillerie — qui nous poursuit, nous, gens de plume, comme sous Louis XIV l'esprit de querelle hantait les gens d'épée — me mit aux lèvres une réflexion sceptique enveloppant — faut-il le dire ? — ce que l'on appelle un mot d'esprit. Je regrettais, il est vrai, réflexion et mot, avant même les avoir exprimés. L'artiste fut cruel. Il m'enfonça ma sottise dans le cœur en disant avec un sourire indéfinissable :

— Vous avez raison. Je me suis dit cent fois qu'à tracer des charges politiques ou des Parisiennes déshabillées, je gagnerais plus de gloire et... d'argent. Mais mon ascendance ne compte ni rois ni épiciers...

C'était hardi, pour un jeune homme. Mais à tout âge leçons profitent. Loin de garder rancune à mon interlocuteur, de cette repartie, je le considérai avec un intérêt croissant. Lui-même n'insista pas, et continua de me révéler ses aspirations et ses intentions avec une belle et loyale assurance qui n'était pas de l'ingénuité, mais de la force...

Séduit, je le revis. Je sondai davantage les profondeurs de ce cerveau dont le clair-obscur me déroutait. Ainsi, j'appris à mieux connaître cette âme d'artiste et je ne fus pas long à me convaincre qu'elle était l'âme d'un grand artiste... J'essayais mon influence de vieil arrivé à protéger Nordèz. Ceux de ma classe aiment les soleils levant... Ils nous

réchauffent, et éclairent notre passé de la lueur de l'avenir. On a pu lire, il y a deux ans, à cette même place, ce que je pensais de Jacques Nordèz. Mais mon effort fut vain : les éditeurs de journaux et de livres disaient : « C'est superbe, mais faites moins grave... » Les éditeurs voulaient dire : « Faites beaucoup plus léger... » Les éditeurs avaient raison, puisqu'ils sont un intermédiaire entre l'artiste d'une part, et d'une autre le public aux goûts, aux exigences duquel ils doivent se conformer. Les éditeurs avaient raison... Et Nordèz s'en allait tristement, ses dessins sous le bras, — et quand je le revoyais, il accueillait mon regard interrogateur avec son éternel sourire résigné, en disant :

— Pour plus tard...

Pour moi, ce mot triste : « Pour plus tard... » avait la poésie des violettes fanées qu'un pleur d'eau fraîche ressuscitera ; à l'âge de Nordèz, on peut le dire sans découragement ; il évoque au contraire des horizons nouveaux, les espoirs de la jeunesse, qui garde sa foi dans l'évolution des ans, qui voit son triomphe au bout des routes pénibles. Mais je crois que Nordèz y dissimulait une amertume. Peut-être avait-il la prescience de ses lendemains ?...

Il y a quelque huit mois, un soir clair de printemps, j'étais sur le débarcadère d'une gare, un train partait ; penché à la portière d'une voiture de ce train, Nordèz m'envoyait un adieu de la main. Il s'en allait vers d'autres cieux, former son talent à des visions nouvelles... Trois mois plus tard, il reparut. Il était plus pensif qu'à son départ ; la vue d'autres humanités semblait avoir en quelque sorte affermi la tristesse de sa philosophie contemplative. Alarmé — car vraiment je me prenais d'une affection quasi paternelle pour cet enfant désabusé — je le pressai de questions. Un jour, il murmura simplement :

— J'aime...

Hélas! nous autres, qui avons vécu, l'éternel féminin nous effarouche... J'eus une inquiétude, et je crus bon de plaisanter :

— Bah!... pourquoi faire?...

Mon interpellation était stupide, comme il convenait. Nordèz, suivit le vague d'un regard perdu, il ne répondit pas... Naguère, je le vis troublé, hagard... Il se promenait nerveusement dans son atelier. Ce jour-là, il m'avoua qu'il était attendu... « après cinq jours de séparation ». Ma bonhomie comprit et se traduisit dans ces mots : « Ah!... toujours l'amourette!... c'est donc bien grave? » Ce ne fut qu'après l'avoir quitté que je compris combien ce devait être grave... Cette phrase puérile, bizarre, me revint : « Après cinq jours de séparation... » Mes pressentiments eussent dû m'avertir plus clairement. Quarante-huit heures après, j'apprenais que mon jeune ami venait de repartir brusquement pour les pays du soleil. Pourquoi cette fugue?...

Pourquoi? Je ne le sus, je ne le saurai probablement jamais. Ce que je sais trop, beaucoup trop pour mon vieux cœur que Paris n'a pu endurcir, — ce que je sais trop, c'est le retour du pauvre jeune artiste, de mon pauvre enfant... A l'heure où j'écris ces lignes, en me demandant encore si je puis les écrire, si tout cela n'est pas un horrible cauchemar, à cette heure, Jacques Nordèz est enfermé depuis huit jours dans l'asile de mon vieil ami B., le célèbre aliéniste. Jacques est fou.

Fou!

. . . .

... Je l'ai vu hier sous les tilleuls dénudés, frissonnants dans l'hiver, là-bas... — dans le jardin de la maison où vivent les morts... Ses yeux tristes, ces yeux que je lui connus de son vivant, — mais élargis dans l'infini

lueur du Néant — n'ont pas vu les larmes qui roulaient dans les miens. Je crois que, dans l'éclair d'une seconde, il a failli me reconnaître cependant. Puis il ne m'a plus vu, le rayon pâle de son regard s'est diffusé, et machinalement, il m'a demandé :

— Ah!... vous venez pour la voir, n'est-ce pas?...

Et il m'a conduit à la cellule. Le médecin qui nous suivait, m'avait fait un signe d'intelligence.

Alors, j'ai vu une chose extraordinaire, inoubliable!

Sur un chevalet, dans ce réduit de fou, un grand tableau, fraîchement colorié par les tons doux et vagues du pastel : une étrange, mystérieuse, merveilleusement belle figure de femme, dans l'infini d'un ciel immensément profond dans le nimbe : une figure de divinité, sublime, dont les grands yeux bleus, uniques, inexprimables, chantent l'Amour et la Douleur avec une intensité si poignante que le vide même en frissonne...

A l'intelligence trépassée de l'homme, l'âme de l'artiste avait survécu, triomphante... Et sa folie avait atteint les zones géniales de l'inspiration ; le rêve de Jacques était réalisé : oui, il avait donné une forme à « ce qui pourrait en avoir une » — il avait donné une forme à la Douleur!

L'enfant me prit par le bras et me fit lire une légende qu'il avait écrite sous le symbole: « Magdelaine est morte! »

Puis il m'entraîna dehors et, silencieux, partout où il y avait un mur blanc, il me désigna le même profil, saisissant, toujours identique, qu'il dessinait sans trêve.

Enfin, il s'arrêta, et, du doigt, traçant une ligne dans l'espace vers lequel se noyaient toujours ses yeux à présent gonflés de pleurs :

— Magdelaine, dit-il encore.

Et il écouta ce mot mystérieux, qui doit être une pensée, mais une pensée close aux profanes :

— L'Illégitime...

IMPRIMERIE CRÉTÉ
CORBEIL (S.-ET-O.)

www.ingramcontent.com/pod-product-compliance
Ingram Content Group UK Ltd.
Pitfield, Milton Keynes, MK11 3LW, UK
UKHW022117070726
13613UKWH00003B/1123